# 週末熱炒店的
# 編劇課
## 零經驗也學得會！
前所未見的小說式編劇教學書

東默農——著

# 目次

# 各界熱烈推薦、激賞好評（依姓名筆畫排序）

很多人一直認爲編劇需要的是才華，其實，好的編劇需要的是專業，說故事方式是一門專業的學問。

一個好的故事傳達的情感共鳴是全人類共通的，而重視觀眾感受的故事才能達到情感共鳴。

聰明的東默農透過一個幽默的故事說出了想成爲商業電影編劇其中的種種奧秘，這些奧秘不只是技巧，而是商業電影爲了要讓大部分觀眾取得情感共鳴而必須考慮的觀眾感受——不裝、不假、生動、好看，大推。

——《逆轉勝》導演孔玟燕

這宛如一本編劇的九陽神功。

大家正處在緬懷一代大俠金庸大師的時刻，突然收到出版社邀請，請我爲東默農老師的新作《週末熱炒店的編劇課》寫推薦，當下毫不猶疑的答應，只因想搶先一睹老師的最新大作。東默農老師務實、風趣及貫古通今的教學，總令人意猶未盡，當下會讓人有股不顧一切投身編劇行列的衝動，但如書本開章道白：「唯一能中斷妳夢想的，只有錢。」一語道出，成爲職業編劇需要的不只熱忱，更需生存能力，而能力養成有其章法，東默農老師巧妙的將章法以故事發展的形式撰寫成書。打開此書，跟隨書中主角腳步，他將帶領你從一個素人變成編劇大師，你會發現這宛如是一本編劇的九陽神功，會讓你想擺在桌邊、床頭、包包，隨時翻閱的書，能讓你在創造故事的浩海中，找到明燈；創意枯竭時，得到養分，就算我現在已從事歌仔戲及電視職業編劇多年，翻閱此書時，心情依然悸動。這眞的是一本好書，在此誠摯推薦大家。

——緣龍影視文化事業執行長江明龍

編劇書不稀奇，在老套編劇學中還能寫出新花樣，唯有東默農一人。

——故事革命創辦人李洛克

這是一本好吃又好消化的編劇書。

東默農精準地解構編劇這門技藝，又極其聰穎將其組織成一堂別出心裁的編劇課，讓編劇原理與故事本身彼此相互參照，又能緊密扣合。

推薦給對編劇這門職業存有各種想像與迷思的每個人。

——金馬動畫短片導演拉瓦

高明又平易近人的工具書，透過生動活潑的故事體，教授編劇技巧的同時，將讀者帶入編劇日常情境，感受困難和困境，了解產業現狀和現實。本書本身就是一部曲折又充滿勇氣的電影，鼓舞著所有「有夢想沒才華」的你！

——資深電影人黃郁茹

用小說體教編劇寫作實爲高明！坊間編劇教科書不是有外文翻譯隔閡感，或是舉例過於冷僻，令讀者一知半解。成爲編劇不只要有勇氣，更需方法，《週末熱炒店的編劇課》是編劇入門的最佳選擇。

——CHOCO TV 內容長　張庭翡

從事電影發行、製作工作超過二十五年，閱讀過數千本中外劇本，也開發過近百本劇本，這些經驗告訴我，商業電影劇本基本上是展現主角的渴望，形成動機和目標（第一幕），再透過主角的改變、學習再改變（第二幕），最後主角終於知道如何克服障礙、擊潰反派達成任務（第三幕）的三幕劇（3 Acts）架構。

也就是說開發商業劇本其實是有一套公式，過去我都告訴有意從事編劇工作的新人，若要快速進入狀況，除了多看電影以外，那就熟讀布萊克・史納德（Black Snyder）的《先讓英雄救貓咪 Save the Cat》，但自看了東默農的《週末熱炒店的編劇課》後，我會說在台灣只能選一本編劇書的話，我會推薦東默農這本，因爲這本書就像傳統武俠電影劇本，借用二愣子上山習武，武學大師設下重重關卡，讓二愣子關關難過關關過中，習得絕世武功的形式，讓初學者深入淺出的從編劇工作者該有的心理建設到寫作技巧，都有深刻的體悟與啓發，這些都比其他編劇教科書實際也實用。

——《共犯》《逆轉勝》監製陳鴻元

默農吸收了好萊塢的編劇經典教材，加上心理學的訓練背景，以及大量的實作經驗。現在他很巧妙地運用《最後14堂星期二的課》的人物架構，寫了本編劇學習的小說，而小說故事竟然印證了他的編劇概念，好看又深具意涵！

——亞太影展最佳影片《台北二一》導演楊順清

不是每個人都適合當編劇，但每個想當編劇的人都應該看看這本書。作者講了一個熱血的笨蛋（很抱歉在台灣電影圈很多老鳥都是這樣稱呼菜鳥的……）努力證明自己可以當編劇的故事。我也曾經是個熱血的笨蛋。這也是我的故事。

——《紅衣小女孩》編劇簡士耕

# 用編劇之眼，深入每個角色與故事

溝通表演培訓師 張忘形

雖然大家都說我是簡報老師，不過我更常說我只是個用故事傳遞觀點的人。但一個故事要說得好，絕對不只是練習而已，更多的是去理解故事中的每個元素。

記得當初追蹤東默農老師，是因爲他常常用編劇的觀點來解析不同的電影，而從他的「編劇之眼」中，常常能看見我們看不見的事實。有些時候我覺得電影還不錯，但卻說不出哪裡奇怪時，看老師的專頁往往能得到答案。

於是我踏進了東默農老師的教室，他當時把編劇中的心理學概念拿出來分享，從一個又一個的案例中，我才忽然驚覺原來曾經是社工系畢業、對心理學有點研究的自己，從來都沒想過編劇和導演是這樣用的。

而老師在出書時請我寫推薦文，我實在受寵若驚，因爲老實說我對編劇一竅不通，我只是用自己的方法說出了自己的故事，會不會不夠格推薦，甚至還在想自己會不會看不懂裡面寫的東西，但在看完這本書後，我想這些都是我多慮了。這本書就像是一本小說，因爲有一個又一個深刻的細節。在讀這本書時我卻沒有感受到負擔，而是跟著主角一起探索著編劇的世界，在每個週末接受洗禮，慢慢朝著這個沒有夢想的行業前進（笑）。

當然，除了角色的對話、內心戲、鮮明性格還有彼此的關係外，我們也在一個又一個的情節中，無形的把編劇的基礎知識學完了。在每一個章節中，我們也和主角一起思考著作業，怎麼樣把一個角色交代好，如何安排劇中的場次，場景應該要怎麼營造等。

忽然，我又被拉出了書中，東默農老師是用他最深入的編劇方法，不但把這些方法教給我們，更用在整本書中的鋪陳，讓我們跟著主角的情緒去感受，去思考，並留下印象。

而讓我印象最深的，是「紙片人」和老蔡。雖然紙片人帶著一份戲謔，滿滿的自我，但她卻也道出了許多在編劇界中的現實。而老蔡似乎帶著滿滿誠意前來，卻很有可能是個買空賣空的蟑螂。

這些現實，我想都是東默農老師想藉著書中想帶給大家的，那是編劇界中大家都知道，你我卻不知道的秘密。但即便如此，書中的最後留下了許多希望，我想那也正是老師期望留在世界裡的希望吧。

回到這本書，即便我不是個編劇，也能夠走進編劇的世界，享受拜師的過程，思考每個編劇中的設計。讓我現在看電視電影時，能懂螢幕內的設定，思考角色的合理性。而我們要為這本書付出的，大概就是跟熱炒店裡兩道菜、一罐麥仔茶差不多的錢罷了。

期待與你在週末的熱炒店中，一起抄著劇本，聽老師說說那些有關編劇的事。

# 第一章

# 熱炒店的編劇課

## 拜師

那場我沒聽到的講座，改變了我的一生。

那天，我急急忙忙趕到里民活動中心時，只看到幾個打瞌睡的老先生，和在台上收拾器材的老師。我喘著氣，邊走邊整理凌亂的頭髮，來到講台前。

「請問，是高明老師嗎？」我努力調整呼吸，試著不讓聲音顫抖。

高明老師用餘光瞄了我一眼，將筆電放進背包，沒有答話。

我知道我現在看起來一定很不正常，髒了的衣服、花了的妝，屏東的二月，太陽依然猛烈，在超過三十度的氣溫下狂奔，就算是志玲姊姊也會變成瘋婆子。

「你可以教我怎麼當編劇嗎？」我用手背抹去滑下的汗水，感覺臉上又因沾滿鏈條黑油的手指，多了一道迷彩。

高明老師還是沒有答話，抱著背包，準備離開。

「等一下！」我趕緊擋住下台的階梯。

他驚叫一聲，顯然被我突然的舉動嚇到，慌張的回答：「講座下個月還有。」

「我等不到下個月了！」我聽得出我聲音裡的著急。

高明老師一臉錯愕，上下打量著我，良久才冒出一句：「妳看起來很健康。」

這下換我愣住，我會意過來，忍不住笑了：「我不是那個意思，我只是想說，我很急。」

但高明老師沒笑，他抱著背包，一臉困惑。

我試著放鬆他的戒心，開始自我介紹：「對不起，我腳踏車落鏈了，所以樣子看起來有點可怕。我叫詠琪，我從小就想當編劇，但是屏東從來沒有編劇課可以上，我看網路上說你寫過二十幾個電影劇本，超厲害的，希望你可以教我。」

「妳想當我的學生？」高明老師似乎確定了我不是神經病，稍微放鬆了一點，但語氣仍然冰冷：「妳才不是認眞的。」

「我是！」

高明老師面無表情，從台上盯著階梯下的我：「**妳今天寫了什麼嗎？**昨天？前天？」看我的表情，高明老師沒等我回應，繼續問：「**妳一星期看幾部電影？**一部？五部？十部？想當編劇，卻不看電影，不是很可笑嗎？」

原本緊盯著高明老師的視線，現在，只看得到地上的磁磚。

「整天想著上課，卻從來不自己下功夫，說自己很想當編劇，卻連準時到場聽講座都做不到，像妳這種人，我見多了。」

我猛地抬頭，瞪著高明老師，他被我這突如其來的動作嚇到：「妳……妳幹嘛？」

「有必要說成這樣嗎？」淚水在眼眶打轉，我努力克制不讓它流出來：「我也是拚了命的趕來，你有必要說成這樣嗎？」

「妳……妳不要以爲哭了我就會怕妳喔……」

「我都辭職了！你還要我怎麼樣！」禁不住委屈，淚水還是不爭氣的流了下來，我試著擦，但根本沒有用，我猜我的臉已經被黑油弄得狼狽不堪，但我也不在乎了。

「麻煩死了……」模糊的視線中，我聽到他咬牙切齒的嘟噥：「走啦，我請妳吃飯。」

「咦？」

這便是我成爲編劇的開始，我與高明老師的初相會。

## 夢想會替我開路

熱鬧的熱炒店，在廚房爐火聲、空調運轉聲、店員點單聲、客人喧嘩聲與碰杯聲的包圍下，我們這桌顯得很死寂。

我在店裡的廁所洗掉了滿手滿臉的黑油，總算恢復成正常人的模樣，但坐在我面前的老師只顧著喝他的麥仔茶，似乎完全沒有向我搭話的意願。邀我一起吃飯，是想向我道歉嗎？從他的態度，完全看不到這個跡象。

我耐不住尷尬，開始向他解釋講座遲到的原因。

我在一間小公司當行政助理，每天的工作就是整理信件、發票、資料歸檔等雜務，薪水普通，每天準時上下班，生活還過得去，但我知道繼續下去，夢想遙不可及。

我想試試看自己的能耐，但編劇班和工作，似乎都在台北。在發現高明老師編劇講座的前一天，我向老闆提了辭職。老闆沒有挽留我，但希望我幫公司辦完最後一場活動再走，我答應了。

不過公司活動就在講座當天早上，我原本以為忙完應該可以勉強趕上，但活動結束後的收拾卻花了比預期久的時間，等我離開活動現場時，講座已經開始了。接下來的故事，從我趕到現場的慘況中應該就看得出來，我的腳踏車落鏈，我蹲在路邊修車，弄得一手油污，東摸西摸加上烈陽與趕路，還在跑進現場時摔了一跤……

「那為什麼不能等到下個月？」高明老師突然搭話，打斷了我的自言自語。

「那我的生活費怎麼辦？」

「妳不是屏東人嗎？住家裡不行嗎？」

「我家人都不在了。」

老師嘴巴開開，表情定格，我馬上意識到我又說錯話了。

「我是說，他們退休後就搬到花蓮去了。」

「……妳一定要講些讓人誤解的話嗎？」

「他們把房子也賣了，錢都在他們那裡，我們家奉行的是自理主義，自己的生活自己負責，所以我在屏東也是租房子。」

「奇葩家庭裡的奇葩孩子……」高明老師又開始嘟噥：「所以妳存了一筆錢，想去台北闖一闖？」

「沒有，以現在的薪水和物價，要存錢太難了。」

老師看著我，一臉不可思議：「妳是說，妳什麼都沒有，什麼都不會，就這樣辭職打算去台北？」

「夢想會爲替我開路。」

「……感覺開的是死路。」

「如果老師你不教我，我就只能照原計畫去台北了。」我擠出無辜的臉，望著老師，但老師對這苦肉計似乎不爲所動。

此時我們點的菜開始上桌了，老師起身，又去拿了一罐麥仔茶，並且添了兩碗飯——兩碗都是他自己要吃的。

話題就像老師的麥仔茶，轉眼就空了，我們這桌又恢復原本的死寂。

沉默像是持續了兩百多年，老師終於開口了：「妳爲什麼這麼想當編劇？」

「我……」我一下子也答不上來：「我也不知道，就是很想。看到很多戲覺得很棒，就想說，如果自己也可以寫，該有多好。」

「妳最喜歡的電影？」

「嗯……《刺激1995》《全面啓動》和《奪魂鋸》。」我一口氣說了三部：「但還有很多喜歡的，《眞愛每一天》《心靈捕手》……」

老師面無表情，看不出他喜不喜歡這些作品：「口味還滿廣的。妳沒聽說編劇的工作環境很糟嗎？錢又少，又不受尊重，工作量、壓力和作息都不是正常人能接受的。」

「有……所以那些都是眞的嗎？」

「**百分之百事實**。這樣妳還是想做？」

我低下頭：「……想。」

「妳猶豫了。」我正想辯解，老師沒讓我打斷：「這是好事，代表妳是眞的考慮過。看來不讓妳試過，妳是不會死心的。」

我抓了抓頭髮，有點不好意思。

「那就一年的時間，讓妳變成編劇。」

「謝謝老師……你說什麼？」我懷疑我聽錯了。

「一年，變成編劇。」

「一……一年？」這個數字太美，讓我不敢直視。

「但我有幾個條件。」

「老師請說！」我趕緊拿出筆記本。

「**第一，不准缺席、不准遲到**。妳犯規一次，我們的課就停止。」

我點頭如搗蒜。

「**第二，我要求的作業，妳必須完成**。一次作業不交，我們的課就停止。」

我繼續搗蒜。

「**第三，我教妳的東西，妳必須照做**。妳敢有自己的意見，我們的課就停止。」

我點得脖子快抽筋了。

「最後，妳去和妳老闆道歉，**回去上班**。」

「沒問題……咦？」

「沒聽懂嗎？回、去、上、班。」

「但是我想當編劇……」

「妳現在的工作很適合編劇。**收入穩定，上下班正常，而且不太花腦力**。如果妳兼職沒辦法做到，妳全職也一樣沒辦法。」

「可是……」

「妳剛才答應了我什麼？」

「……對不起，我照做。」

「很好。那之後每個星期六晚上把作業給我，每個星期天晚上六點上課，到這家店來，我請妳吃飯。」

「請我吃飯？」上編劇課沒要我繳錢，還給我管飯？我有點尷尬：「那怎麼好意思呢？我可以付自己的……」

「我不要，這樣點起菜來沒辦法盡興。錢很重要，妳每個月省四五頓飯錢，存個五百、一千也好。」老師挑光了盤裡的蚵仔酥：「唯一可以中斷妳夢想的，只有錢。」

「但老師你不是說編劇的待遇不好嗎？這樣你不是……」

「我算是特例。我一年寫二十個劇本，雖然都是網大，但加起來我賺的錢，應該是妳的十倍。」

我完全無法控制我的臉部表情，驚訝的看著老師。

「妳幹嘛？臉扭曲得像孟克的《吶喊》一樣。一個月賺十幾二十萬不算多吧？這家熱炒店應該也辦得到。」老師對自己的收入不以為意。

但我驚訝的不是收入：「你是說，你一年就寫了二十個劇本？」

「對啊，我講座上的講師簡歷不是有寫嗎？」

「我以為那是十幾年累積下來的……」

「怎麼可能？我看起來有這麼老嗎？」老師看起來確實只有三十出頭。

我幾乎就要跪倒在地了：「請務必教我怎樣才能寫得這麼快！」

「還好吧？」高明老師拿出手機，用裡面的計算機算給我看：「一個電影劇本大約三萬多字，我週休二日，一個月工作二十天，每天工作八小時，每小時平均寫七百二十三個字，一個月下來總共是十一萬五千六百八十個字，其中有一半是被刪改，算下來一個月產出十五部，是合理範圍。」

我目瞪口呆，不知道該給什麼回應。

「妳知道重點是什麼嗎？」

我搖搖頭。

「**願意做，而且堅持做**。」

老師的表情很認眞，但我覺得他在講幹話。要是願意做就做得到，那我又何必這麼辛苦呢？

「明明這麼簡單的道理，卻只有少數人能做到。但反過來說，只要妳能做到了，妳就贏過多數人了。」

我當時沒有意識到老師這句話背後眞正的含意，也沒有意識到他爲什麼要回到故鄉屏東，每個月堅持辦著只有打發時間的老人會到場的講座。我只顧著想成爲像他一樣的編劇，沒有想過，原來有一天，我會成爲他生命中的重要救贖。

就這樣，我在熱炒店爲期一年的編劇課開始了。

# 第二章

# 沒有夢想的職業

## 想當編劇，從放棄夢想開始

「聽起來超騙的耶，」文青聽完我的奇遇，一臉狐疑：「我從來沒聽過這個編劇，名字叫高明，怎麼聽怎麼假。」

文青是我的高中同班同學，後來很巧的與我在同一間公司上班，他是公司的資訊工程師。文青算是我的影友，常常和我討論各類型的電影，但他的喜好明顯與我不同，他推薦的片子我永遠都會看到睡著，而我推薦的片子通常都會被他嘲笑。一個名叫文青、愛看藝術片的資訊工程師，聽起來很有混搭風。

「你有資格笑別人的名字嗎？」我依老師的指示乖乖回到公司上班，繼續與公司的發票與差旅單奮鬥。

「誰知道，說不定是看妳正。」

「你少亂講。」因爲一邊工作一邊說話，害我寫錯了發票金額，我暗罵了一聲，結果一伸手又不小心碰倒了桌上的飲料，我趕緊拯救桌上的文件遠離擴散的珍珠奶綠。

「繼續上班有這麼不爽嗎？」文青不爲所動，一點也沒有幫忙的意思：「妳今天感覺特別沒進入狀況。」

有這麼明顯嗎？我今天除了買了早餐忘了拿、訂書機釘到手、用咖啡給盆栽澆水、進了電梯忘了按按鈕、撞上玻璃門等事之外，應該沒有太多反常的行為才對。我到廁所工具間拿了抹布和拖把，但回到座位才發現我拿的是掃把。

好吧，我承認我確實心不在焉。原因顯然是因為高明老師在那天後來說的話。

「我要教妳的第一件事，」高明老師開了第五罐麥仔茶：「就是忘掉你的夢想。編劇是一個沒有夢想的職業。」

「但我的夢想，就是成為編劇啊。」我不太明白。

「這就是妳最大的問題。」老師在用筷子挑花生米，他似乎很享受這種精細的手指運動：「妳知道要拍一部電影，要花多少錢嗎？」

我搖頭，印象中很多電影預告片都會說什麼千萬、上億美金打造，但我覺得如果回答了會被老師笑。

「台灣業內差不多是三千萬起跳，台幣。大陸的院線更高，網大就少一點，以前剛開始大概是六十萬人民幣，現在大概是兩百萬人民幣，也就是一千萬台幣左右。」

「比想像的低嘛。」我脫口而出。

「妳如果有這能力，麻煩替我在屏東買棟別墅，」老師面不改色的酸我：「妳會從自己口袋拿出這筆錢，去實現別人的夢想嗎？」

「……不會。」

「別人花錢在妳身上只有一個理由：妳有機會替他賺更多的錢。忘掉妳的夢想，**認清編劇是一份工作，是成爲編劇的第一步。**」

「所以我該怎麼做？」

「不准寫妳想寫的東西。」

「那……那我要寫什麼？」

高明老師乾完他的麥仔茶，起身結帳：「下個星期來，我會替妳準備。」

老師頭也不回的離開了，留下太多事想不通的我。常聽人家說，創作是很個人的事，創作就是寫自己熟悉的東西，作品是作者的孩子，但我的第一堂編劇課，卻把這個觀念推翻了，讓我煩惱了一整個星期。

而我犯了一個錯，就是把我的煩惱告訴文青。

## 被害妄想症

一週之後，我依約來到熱炒店，老師已經坐在店裡，桌上已擺好三菜一湯，還有五罐麥仔茶。

「他是誰？」老師盯著我身旁的文青。

「我是來揭穿你真面目的正義使者！」不顧我的阻攔，文青指著高明老師發難：「你就是一個專門騙新人創意的騙子，騙他們說不能寫自己的東西，替你免費工作，然後你就偷走他們努力的成果，這就是你一年可以寫二十部作品的秘密！」

沉默。

老師起身，掏出錢包走向櫃台：「老闆替我打包。」

「等……等一下！」我趕緊阻止他。

「想逃走嗎？被我說中了吧！」

「再幫我包兩碗白飯。」

「我要把你的照片公布，上網踢爆你。」文青拿出手機。

「你夠了沒有！」我情急之下推開他的手，他沒抓牢手機，手機飛了出去，正好掉進桌上的湯裡。

沉默，長長的沉默。

「來，你的白飯。」老闆見怪不怪，遞上包好的飯。

在我抱著大腿求他留下之後，老師終於願意坐回座位上聽我解釋，文青是自己硬跟來的，我沒有帶人來找碴的意思。文青默默坐在一旁，哀悼他那散發著玉米排骨湯香氣的最新型 iPhone。

老師的眼神寫著「麻煩死了」，開始喝他的麥仔茶：「我要教的第二件事，就是不要有被害妄想症。**這世界上，沒有人整天想抄襲你的東西。**」

「那是因爲你是騙子才這樣講……」文青又要發作，但被我眼中的殺氣逼退。

「那是因爲你沒有成本概念才這樣講。」老師開始他的手指運動，將椒鹽溪蝦一隻一隻夾進碗裡：「你是身價最便宜的菜鳥，偷你的創意去給別人寫，他又沒有省到錢，爲什麼不直接花錢要你寫？更何況，一部電影成本上千萬，編劇的費用在裡面占的比例極低，他偷你的創意，還要背負影片上映時被你找麻煩的風險，他爲什麼要做這種事？」

文青還找不到話反駁，老師繼續：「要找她做免費的勞動力，聽起來更可笑。著作權是自然生成的，**只要你可以證明是你寫的**，例如你可以上傳雲端硬碟、可以留存創作過程的各種檔案版本、可以留下寄 Email 的紀錄，**著作權就是你的**。我在沒有取得你許可的情況下拿去使用，我就是侵權，你大可以找我麻煩。更重要的是，這世上最難的事是什麼，你知道嗎？」

「是什麼？」文青語氣很不情願，隨手想拿桌上的麥仔茶來喝。

「是找到可靠的人。」老師打了文青的手，守護他的飲料：「如果你寫的東西眞的好，可以幫我賺錢，我最希望的是和你長期合作。而我偷你的東西，你就不可能再和我合作第二次，我爲什麼要自斷財路？」

「但不是有很多編劇做白工的例子嗎？」文青反駁。

「做白工是做白工，偷創意是偷創意。會做白工的原因，就是因爲寫好的東西沒賣出去，對方不想付你錢。賣不出去的東西，他幹嘛要偷？」老師開始吃飯：「至於爲什麼賣不出去，可能是因爲你眞的寫得很差，也可能是你聽了對方糟糕的意見，原因太多了。」

「那我們怎麼避免做白工？」我插話。

「**做白工，都是自願的。**」老師發現三菜一湯不夠三個人吃，伸手又要來了菜單：「你害怕失去眼前的機會，所以不敢要求對方付錢，或是在工作過程中不敢談錢，是最常見的。你不替自己開一個價錢，別人就會當你自願免費工作。」

「如果對方答應會給錢，最後卻沒給呢？」

「這不是做白工的問題，是討債的問題。」老師又點了三樣菜：「問題都解決了嗎？還有打算上課嗎？」

文青似乎還想找麻煩，我立馬用筆記本搥他的頭：「我準備好了。」

## 發展故事的公式

老師從背包裡拿出一個盒子，裡面裝著許多折得小小的紙片，總共有白、紅、藍三種顏色。他將盒子遞給我：「每種顏色選一個。」

我照做了，老師又要我再做兩次，我總共選出了三組白紅藍的紙片。

「這是我找旁邊桌的客人寫的，白色是類型，紅色是角色，藍色是任務，妳現在可以打開來看看內容。」

我將紙片打開，裡面的內容牛頭不對馬嘴，我心裡有不好的預感：

第一組：武俠　氣質文藝女教授　建立邪教

第二組：愛情　臭屁男　找出初戀的死因

第三組：家庭喜劇　金牌電影編劇　逃離恐怖情人

老師接下來說的話，驗證了我的預感：「這週的作業，將這三組紙片，寫成三個小故事。」

「這……這太難了吧。」我在心中吶喊：臣妾做不到啊。

「不用太複雜，也先不用管故事長度，有個短綱就可以了。」

「這根本就是整人嘛，我就不相信你做得到。」文青也覺得強人所難。

「像這一組，」老師拿了第一組紙片：「一個害羞內向、沒有自信的氣質文藝化學系女教授，發現自己掉入武俠小說的世界中。爲了在刀光劍影的江湖生存下來，她利用化學知識求生，同時調製出肥料協助貧苦的農民，卻被誤認成神跡，成了教主。女教授一方面很困擾，另一方面又覺得自己獲得肯定，產生了一些自信。然而地方官認定村民組織了邪教，發兵圍剿，村民人心惶惶。女教授認爲自己做了蠢事，不該將現代的科學帶進古代，以爲能幫忙，反而導致村民惹上殺身之禍，她偷偷獨自前往自首，想要用自己的生命拯救村民，沒想到官兵打算斬草除根，不放過任何一人。女教授計畫失敗，原本建立起來的自信完全瓦解了，在她命在旦夕之時，受她協助的農民們群起保護她，擊退了官兵，並且解開了邪教的誤會。她與村民建立起家人一般的情感，再度穿越回到現代，她因爲這段奇特的冒險，了解到自己的優點，進而找回了自信。」

我和文青目瞪口呆，彷彿見證了奇蹟。

「這麼粗糙的東西，離完整的故事還差很遠。」老師點的菜上桌了，他開始喝起新點的排骨湯：「但如果熟練這樣架構故事基礎的能力，創作速度自然就會提升。」

「所以是一種，類似公式的方式？」我覺得躍躍欲試。

文青卻潑我冷水：「戲劇創作是藝術，藝術怎麼會有公式呢？藝術的重點，就在打破公式。」

「**我不教藝術**，」老師也回答得直截了當：「我也不關心藝術。我關心的是產業和效率。要形成產業，要建立效率，需要的不是驚爲天人的神作，而是能持續被產出的、品質穩定的作品。**我教的是一套完成『一定品質』作品的捷徑**。」

「多麼庸俗的想法。」文青覺得可笑。

我卻覺得這個想法很實際：「我想學，請教我這套公式。」

「就算不能寫自己想寫的作品？」高明老師盯著我。

「就算不能寫自己想寫的作品。」我覺得自己已有了覺悟。

「那我就開始了，」老師放下湯碗：「第一步，**戲劇是變化**，先確定角色的變化過程。我替『氣息文藝女教授』增加了『沒自信』這個特質，讓她從沒自信變成有自信。這個**角色的轉變過程**，一般被稱爲**角色歷程**或**角色弧線**，或被稱爲**內部事件**。

「接下來，**戲劇是衝突**，**衝突是『想要』加上『阻礙』**。一部戲的主軸，是由角色的**想要**推動的，角色不斷追逐他的目標，不斷遇到各種阻礙，並且不斷採取行動克服這些阻礙，就形成了整個劇情。所以第二步，**替角色建立一個動機**、**一個目標**，回答爲什麼角色需要進行被指定的任務。這個部分可以從類型、任務和角色彼此的關聯性去尋找，所以結合了『武俠』與『建立邪教』，我選擇了穿越的劇情。

「這裡有一個劇情設計的訣竅，就是要**替主角安排一個適合和一個不適合這個任務的特性。**」老師在這裡停了一下，喝了口麥仔茶。

「適合和不適合的，各一個？」我試著確認老師的意思。

「對。**這個任務是專屬於主角的**，所以一定要有一個非主角不可的原因，這就是適合的部分，所以我又給主角安排了一個『化學系教授』的特質，使她適合『建立邪教』這個任務。」

「那為什麼需要不適合的特性？」

「為了戲劇性。如果角色完全適合一個任務，無論是**能力**、**性格**或**觀念**上都是最佳人選，那就做不出有力的衝突。」老師稍稍停頓，像是想到了什麼：「知道什麼叫『有力的衝突』嗎？」

「呃……覺得有聽懂，但不會表達……」

「那就是沒聽懂。**學習要聽完能夠表達，才算學得完整。**」老師糾正我，但並沒有責怪我的感覺：「有力的衝突就是戲劇張力強的衝突。**加強想要**或**加強阻礙**，都可以加強衝突的戲劇張力。一個人丟了工作，如果他本身很有錢，工作只是好玩，想要很弱，失業對他來說就沒有戲劇張力；或是他能力很強，到處都有人找他去上班，阻礙很弱，也一樣沒有張力。

「如果我們設定主角急需用錢，卡債一堆，又有房租壓力，而且他知道他一旦失業，以他的能力與年紀，下一份工作不知道會在哪裡，想要和阻礙都提升了，這時失業這件事對主角來說，就變得至關生死，戲劇張力就變大了。在這個例子中也可以發現，以『面對失業再找工作』這個任務來看，主角如果光有適合的特質，問題容易解決，阻礙就會顯得薄弱，設定不適合的特質，能夠幫助我們加強阻礙，提升戲劇張力。」

「你教編劇的方式，怎麼聽起來像在教物理化學？」文青自顧自的嘀咕，但沒有人理他。

「另一個設定不適合特性的原因，和角色的成長變化有關。人都必須經歷自己做不到的事、有挑戰的事，才會有所成長，如果角色都只做自己適合做、習慣做的事，那當故事結束時，要合理的完成角色歷程，就會變得不夠有說服力。這一點因爲原來抽籤時，文藝氣質女教授本來就和武俠、建立邪教之間有矛盾，所以我就沒有再另外替她安排新特質，而女教授去武俠世界冒險，正好適合沒自信變得有自信這個內部事件。」

「好像看到破解魔術的過程。」雖然還是似懂非懂，但我好像開始對說故事這件事有點方向了。

「第三，**建立故事曲線**。」老師用筷子在吃光的糖醋里肌醬汁上，畫了這樣一條弧線：（下圖）

「這條線很常見，幾乎每次談到說故事，都會有人畫，就像每次談說故事，就會有人講三幕劇一樣，但多數人並沒有真正去理解這條線。」老師指著線：「這條線橫的部分，是**時間**，也就是劇情的發展，第一秒到最後一秒；直的部分，是**情緒**，也可以說是戲劇張力。隨著時間前進，戲劇張力會越來越大，到最高峰的時候，也就是劇情的高潮，然後高潮事件解決，衝突解除，故事步入尾聲。」

「聽起來是常識，有什麼不能理解的嗎？」文青一臉「幹嘛說得這麼玄」的表情。

「問題出在怎麼做到？你要怎麼帶動觀眾的情緒？」老師反問。

「就一路預賽、準決賽、決賽打上去，不就好了？設定越來越難的關卡讓主角突破啊。」文青比手畫腳：「小Boss、中Boss、大Boss，遊戲都是這樣規畫的。」

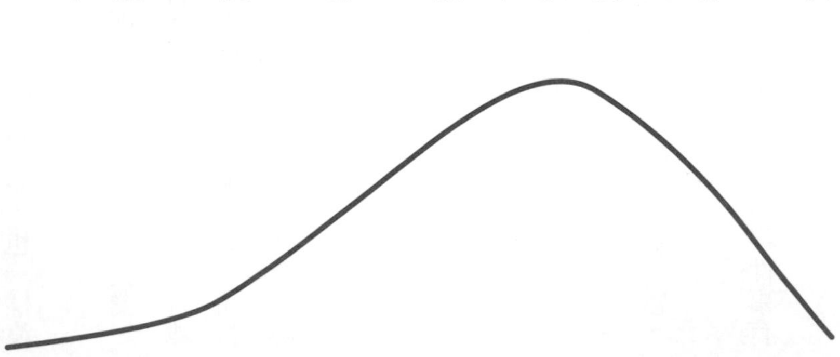

「一路贏到最後，然後打倒大魔王，美滿大結局？」

「對啊，不然呢？」

「無聊透頂的故事。」

「會嗎？」文青用眼神向我尋求支援，但我也覺得這樣的故事好像太無趣了。事實上，現在很多手機遊戲的故事對我來說都有點無趣，好像只是爲了一關接一關下去，理所當然的劇情。

「戲劇是變化和衝突，從變化來看，如果主角從頭贏到尾，情節本身缺乏變化。從衝突來看，主角不斷的跨越阻礙，就等於一直解決衝突，觀眾情緒反而不會被拉高，只會原地打轉。」

「所以應該要**讓衝突延長**？」

「理想上，衝突應該要**推進到高潮階段才獲得解決**。所以理想的劇情鋪排，應該是反過來，讓主角**不斷挑戰失敗，直到絕望的時刻**，這樣才會創造出高潮。**絕望才會帶來最大的情緒**。」

「所以要讓官兵來圍剿，千鈞一髮。」我又發現了魔術的秘密。

「對。妳如果知道目標在哪裡，就會更清楚過程要怎麼安排，所以在寫故事時，也可以**先問自己絕望的點在哪裡**，你就會比較快找到答案。」

「那我怎麼知道主角怎樣才會絕望？」

「笨，讓他快死了不就絕望了？」文青嗆我。

「但我總不能每個故事都讓主角有生命危險吧？」我看著另外兩組紙片，愛情和家庭喜劇，找出初戀的死因和逃離恐怖情人，雖然好像硬要讓主角有生命危險也是做得到，但似乎都會變成懸疑驚悚片。

「妳還不笨嘛。」這應該是我和老師相處以來，他最接近誇獎的一句話了。不知道是不是錯覺，我似乎看見老師的嘴角有一絲絲的上揚：「絕望有兩種作法，都和主角想要的東西有關。第一，**主角離他要的東西最遠**，不可能得到他要的東西的時候；第二，**主角離他要的東西最近**，近在眼前伸手就可以拿到的時候，但**他卻失敗了**。死亡算第一種，因爲死了就什麼都沒有了。」

「**安排角色的缺點和成長。安排角色的想要和阻礙。安排角色適合和不適合任務的特質。安排絕望**。」我重複了筆記本上的步驟：「總共四個步驟。」

「最後還有一個重點，這不算步驟，算是檢查劇情有沒有歪掉的基準。一個故事，必須要有**焦點**。」

「焦點？」

「我們平常聽人說話，都會想『這個人想表達什麼？他爲什麼要說這段話？重點在哪裡？』如果我們聽不出來，就會覺得不知道他在說什麼，或是他講著講著不在原本的重點上，我們就會覺得他離題了。故事也是一樣的。

「當決定故事是『讓主角透過冒險變得有自信』的過程後，所有事件的設計，都必須扣在這個焦點上。邪教雖然可以做很多事，可以斂財、可以建後宮、可以預言世界末日、可以發動戰爭……但如果這些事無法讓主角變得更沒自信或更有自信，或是無法與主角想回到現實世界的目標有關，那就是偏離焦點。焦點是由**主角的想要和需要**決定的。」

「想要？需要？」

「**想要**就是**主角的目標**，想回現實世界、想求生、想救村民……通常是一個具體的、外在的東西。**需要**就是**主角得到了才會幸福**、**獲得救贖的東西**，他欠缺的價值或情感，通常是內在的東西。只完成想要，主角不會成長，故事無法完結，**要完成需要，故事才會完結**。如果女主角回到現代，但一樣沒自信，不就很怪嗎？但反過來說，女主角沒有成功回到現代，卻在古代找回了自信，在武俠世界中從此幸福快樂，其實是另一種結局。所以想要可以不被完成，但需要必須被滿足。一般娛樂性強的故事，想要和需要都會完成，而稍稍有悲劇色彩、耐人尋味的故事，可能只會完成需要，不會完全實現角色的想要。」

「就像《屍速列車》和《鐵達尼號》？」

「對。」老師拿著帳單起身：「今天就差不多這樣吧，兩個作業，第一，去找十部電影，依今天上課的內容，寫出在劇情裡是怎麼安排的；第二，把剩下兩組紙片的故事完成。我星期六如果沒收到妳的作業，星期天我就不會出現。至於你，」老師看向文青：「不要再來了。」

老師交代完作業，就像上週一樣，頭也不回的離開。

「耍什麼帥嘛……」文青收起他那排骨湯口味的手機：「老闆，我們要打包。」

今天的資訊量簡直破表了，但我覺得超級興奮，因爲我眞眞實實的看見，一條學會編劇技巧的道路。

# 第三章
# 淘汰

## 內外之分

這星期是我最熱血的一週，一掃上週的陰霾，不但工作狀況極佳，而且感覺生活步上了新的軌道。爲了完成老師指定的作業，我每天利用午休和下班後的時間看一到兩部電影，並且在零碎時間構想兩個故事。

我似乎可以理解老師要我回來上班的原因，也可以理解爲什麼我們第一次見面，我告訴他我想學編劇時，他會質問我一星期看了多少電影。我以爲一邊上班一邊創作是不可能的，但其實一整週下來，我可以運用的空閒時間比自己想像得更多，只是以前我總是拿來「放鬆」與「放空」，摸著摸著就過去了。

就像老師說的，兼職做不到，全職也不可能做到。

星期天晚上，爲了不讓老師等，我提早半小時到了熱炒店，等待這週課程開始。筆記本OK，三種不同顏色的筆OK，開始變餓的肚子OK。我拿出列印好的作業，做最後的檢查：

第二組故事：愛情、臭屁男、找出初戀的死因。

一個臭屁得令人討厭的男人，有天意外得知初戀的死訊，他試著想找出初戀的死因，但因爲他很惹人厭，所以沒有人願意給他線索，正當他決定放棄的時候，一場地震發生，他家書櫃的書都掉了下來，他收拾過程中找到了當初他寫給初戀的情書。他一邊看一邊哭，發現原來他其實很愛初戀，但一切都來不及了。

第三組故事：家庭喜劇、暢銷電影編劇、逃離恐怖情人。

一個暢銷電影編劇，想逃離她的恐怖情人，決定找她的家人幫忙，自編自導一齣戲把他趕走。但她的家人都是群廢柴，不是台詞記不牢，就是過度緊張或過度脫線，讓計畫一波三折，最終計畫被情人看穿，家人挺身保護女主角。家人對情人曉以大義，情人受到家人與主角之間的牽絆感動，回心轉意，成了一個好情人。

有變化，有衝突，有適合和不適合的特質，有絕望，有焦點。一切非常完美，我看著自己寫下的故事，覺得自己似乎有點天分。

「妳一個人傻笑個什麼勁？」

「沒什麼……你來幹嘛？」大剌剌在我身旁坐下，自顧自研究菜單的人，居然是文青，我一下子慌了手腳，深怕老師因爲他在場而取消了今天的課。

「孤男寡女共處一室，我放不下心。」文青開始點單，畫了四五樣菜。

「你還挑貴的點！」我搶過他手上的菜單：「這裡是公共場合，你有什麼好不放心的，而且什麼時候輪到你擔心了？」

「妳爸當初把妳交給我，我對妳有責任。」

「不要講這種會引起別人誤會的話！」

「這是妳寫的作業？」

「不要碰我的東西！」

「一個臭屁得令人討厭的……」

「不要唸！」

好不容易在一番纏鬥後，我終於將東西從文青手中搶了回來，卻發現老師已經抱著五罐麥仔茶坐在我的對面，將它們一一整齊的放在桌上。

「對不起老師，我馬上把他趕走……」老師一如往常的撲克臉，看不出來是喜還是怒，但後者的機率應該是占了九成九。

「我們開始今天的課吧。」

「咦？」我和文青對看一眼，他回我一個勝利的笑容，我們坐回位子上。

「我們從作業談起吧，」老師從背包取出我的作業，他也印了一份：「利用下班時間在一週內確實看完了十部電影，寫完了作業，可以看出妳的努力……」

老師又誇獎我了，這次比「不笨」聽起來更像讚美，我藏不住臉上得意的笑容，是的老師，我會成爲一個讓你驕傲的弟子的。

「……但創作的內容很有問題，我先和妳確定一下，妳應該不是故意的吧？」

我努力隱藏心中的動搖：「什……什麼故意的？」

「有些人會故意寫得很差，來挑戰老師的理論。」

我多麼希望我是故意的：「我沒有……我有試著照老師說的步驟去進行。」

「那男主角想要什麼？」老師指著臭屁男的大綱。

「想找出初戀的死因啊。」

「他爲什麼想找出初戀的死因？」

我愣住，回答得很心虛：「因爲……因爲他好奇？」

「妳不能用問句回答對故事的提問。」老師打開了麥仔茶：「人會做任何一件事，都不是理所當然的。『想要』指的是他做事的理由，而不光只是『他想完成的事』。妳要能分清楚故事的內部與外部才行。」

「內部？外部？」我越聽越不明白。

「妳不笨，但看來也不聰明。」老師從背包中拿出紙筆，順便朝我射出一支冷箭：「我用上週的例子來解釋吧。」

老師畫了像下面這樣的表格：

老師開始解釋：「**外部**就像外在美，指的是**具體可以看見的部分**，就是各種情節。**內部**就像內在美，指的是**看不見的部分**，這個部分有分很多種，我們這裡先講基本的兩種，一個是**角色的想法和動機**，一個是**故事應有的架構**。原則上，**所有外部劇情都是爲了表現內部的設計**，但在實務上，像我們這次的作業，常常會先被要求外部劇情，而編劇的工作就是完善內部的邏輯。

「如果我們把一部戲拆開來分析，任何一段劇情，都應該要可以塡滿這三個格子。如果少了外部，代表演不出來，沒有事件，常常就只能用旁白或內心戲交代過

| | | | | | | |
|---|---|---|---|---|---|---|
| 外部劇情 | 女主角的日常生活 | 她穿越進武俠小說 | 她發揮化學知識，建立邪教的過程 | 官民的圍剿 | 村民的團結拯救 | 回到日常生活，變得有自信 |
| 內部（角色） | 對自己沒自信的一般生活 | 驚慌不知所措 | 為了求生、為了幫助農民，被迫努力 | 絕望，發現努力都白費了 | 發現努力是有價值的 | 有自信的新生活 |
| 內部（架構） | 介紹角色缺陷、性格、能力、身份等，做好鋪陳 | 讓故事發生，讓角色生活失去平衡 | 放大過程，發揮她的能力 | 製造高潮，使她相信相反的事 | 利用她努力的成果做翻轉，傳達主旨 | 完成成長 |

去；如果少了角色內部，代表角色不真實、不合邏輯、沒有動機，這種情況觀眾就會容易出戲；如果少了架構，或不符合架構，這段戲可能就是多餘的、累贅的。」

我看著表格發愣，相較於上一堂課，我覺得這堂課幾乎是天書，聽得我似懂非懂。

「要學會編劇，看懂戲的外部和內部，是一個基本的分水嶺。很多編劇始終沒有看懂這些內外問題，所以一直寫不好，只會編劇情，但都不知道自己到底在寫什麼。」菜一道道上桌，但我原本醞釀好的食欲早已蕩然無存。

老師開始吃飯，文青拿起筷子，卻被老師阻止。

「這裡沒有給你吃的東西。」

「我剛才也有點東西……你看我點的羊肉火鍋來了。」文青一副理所當然要吃白食的態度。

但老闆卻把火鍋放到隔壁桌上。

「老闆，你送錯了吧，那桌沒坐人。」文青向他招手。

「沒錯啊。」老闆將菜單遞給他看，桌號確實是隔壁，原來老師將文青事先寫的那張菜單塡了隔壁桌的桌號，另外點了自己的。

「你這個人……啊啊啊啊。」文青剛才挑的店裡最貴的菜色，全都送到了旁邊桌上，看來他的荷包要大失血了。

「趁熱吃，不要浪費。」老師淡淡的喝著他的麥仔茶。

要是平常，我肯定會嘲笑文青的自作自受，但現在我卻一點也笑不出來。

我知道想當創作者，是很仰仗天賦的。有天賦的人，光靠直覺就能寫出吸引人的東西，而沒有天賦的人，再怎麼努力，也只是給人家陪襯的。

當老師答應教我時，當老師說我不笨時，當老師說的東西我覺得我能聽懂時，我一度產生了「我其實也算有點天賦」的錯覺。但錯覺，終究只是錯覺罷了。

**「妳不適合做這個。」**我想起了父親對我說的話：**「妳應該去找妳更有天分的事情做。」**

突然，一個東西打中了我的額頭，刺痛把我拉回了現實。我低頭一看，那是一枚田螺殼。

老師正用筷子夾著燒酒螺，一枚一枚吃得嘖嘖有聲：「別發呆，快吃飯，餓肚子會讓一個人過度悲觀。」

我看著隔壁桌含淚吃著火鍋和烤魚頭的文青，覺得就算吃飽也無法樂觀起來。

老師吸著螺肉，明明看上去才三十出頭，現在卻充滿大叔風味：「反正，妳一定是在想關於天分的無聊事吧。」

我反射性的雙手擋心口，想當編劇，還必須會讀心術嗎？

「所以妳想當編劇的覺悟，就只有這麼一點嗎？**別人說妳沒才華，妳就打算放棄了嗎？**」

「沒有才華，也可以當編劇嗎？」我感覺喉嚨發乾。

老師一臉平靜，卻語出驚人：「連有睪丸的男人都可以當女人，要當編劇有這麼難嗎？」

我忍不住噗嗤一笑，而且一笑不可收拾，笑到眼淚都差點掉出來了。老師的比喻不倫不類，但不知道爲什麼，我居然有種被說服的感覺。

我的食欲似乎又回來了。熱炒店的喧囂依舊，我們安靜的吃著飯，雖然吃飽並不一定會使人變樂觀，但我的心情確實有些振作了。

「臭屁男，仍然愛著初戀。」我試著修正我的作品：「這就是他必須找出初戀死因的原因。」

## 公式的內部

「這個可以成立，他愛著初戀，兩個人卻因故沒有在一起，他想了解初戀爲什麼而死，好替這段感情做個了結。這是一個有點私人、有點細膩的感情動機，但確實說得通，只不過，這樣就會出現另一個問題，」老師正在把吃完的螺殼夾回盤子上：「**妳的故事沒有轉折**。」

他將盤子推到我面前，螺殼排的形狀，剛好是他上一堂課所畫的故事曲線：「我們上次只講到情緒的起伏，今天補充一下**故事曲線代表的故事架構**，妳可以配合著剛才我畫的表格『架構』那一行做對照。

「故事曲線的第一個階段是**鋪陳**，也就是告訴觀眾故事主角是誰、有什麼特質、目標是什麼、故事的主事件是什麼等，這個部分主要是在讓觀眾進入狀況，大約就是表格中的第1格，是用來說明角色原本的樣子。

「第2格我們通常稱之爲**啓動點**或**觸發事件**，也就是**故事開始的地方**，角色脫離了原本的生活，進入一個新的世界。以女教授的故事

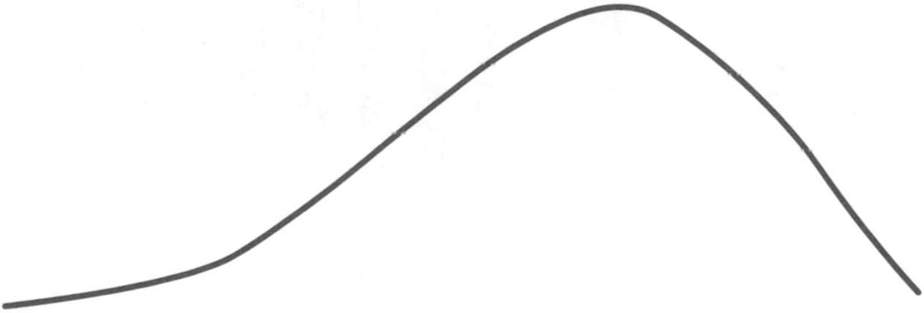

| | 1 | 2 | 3 | 4 | 5 | 6 |
|---|---|---|---|---|---|---|
| 內部架構 | 介紹角色的缺陷、性格、能力、身分等，做好鋪陳 | 讓故事發生 | 放大的過程，發揮她的能力 | 製造高潮，使她相信相反的事 | 利用她努力的成果做翻轉，傳達主旨 | 完成成長 |

來說，就是女主角的穿越；以臭屁男的故事來說，就是他發現前女友的死訊。有些創作者爲了提早抓住觀眾的目光，會選擇將2放到1前面，先讓啓動點發生，再交代主角是誰和他的目標都可以。這個1＋2的部分，對應到傳統的**起承轉合**，就是**起**的階段，對應到傳統的**三幕劇**，就是**第一幕（開始、開端）**。

「故事曲線的第二個階段，是**放大**，也就是衝突持續發生，越演越烈，主角越來越努力，背負越來越多風險，戲劇張力不斷擴大，情緒持續上升，一直到接近絕望的部分，也就是第3格和第4格。是**起承轉合**的**承**，是三幕劇的**第二幕（衝突、發展）**。這個階段有一個很重要、但常被大家忽略的任務，就是讓主角，也就是讓觀眾，**相信一件相反的事**。」

原本持續振筆疾書、幾乎都要寫成逐字稿的我，突然停了下來：「相信相反的事？和什麼東西相反？」

「和你希望觀眾在故事最後相信的事相反，或講得簡單一點，和**你的主旨或結局相反**。」

「爲什麼？」

「因爲故事曲線的第三階段，是**翻轉**。戲劇是變化，無論是劇情外部還是角色內部都需要變化，**沒有變化，故事就沒有轉折**，就會顯得平淡單調，原地踏步。第5格的翻轉和第6格的完成成長，就是起承轉合的**轉**跟**合**，也是三幕劇的**第三幕（結束、解決）**。如果在放大階段，沒有做到『讓觀眾相信相反的事』，那就無法做出翻轉。妳沒有發現嗎？在官兵圍剿之前，劇情看起來，女教授**應該是會一帆風順**吧？這就是讓角色相信相反的事。」

「我有問題。」突然，文青說話了，他的臉色因爲吃太飽而顯得僵硬。

但老師沒有理他：「如果臭屁男是因爲愛著初戀而開始尋找死因，那結局收在『他發現自己眞的很愛初戀』，就沒有任何轉折，因爲**從頭到尾他都愛著初戀，沒有改變過**。整體來看，角色也沒有變化和成長。」

「我有問題。」文青堅持。

老師堅持不理他：「這個故事還有第三個大問題，就是**高潮的事件，不是由主角的努力完成解決的**。高潮的解決一定要和主角有關，而且**解決的方式也要和主旨有關**。」

「我有問題！」文青拍桌，但似乎因爲振動到肚子，他痛得彎下腰。

「廁所裡面走到底右手邊。」

「我不是要問這個……」文青扶著肚子，勉強抬起頭：「你上個星期說故事應該要讓主角一路失敗，到最絕望來創造高潮，但你剛才自己也說了，那個女教授的故事，其實是一帆風順吧？她解決了面對的每個問題，這不是和你教過的矛盾嗎？」

文青居然提出了建設性的問題，我感到驚訝。

「看來沒上課的人，比上課的人認眞。」老師倒是淡定：「是的，就像上週說的，絕望有兩種作法，一種是離想要最遠，一種是最近卻失敗。因此，故事也會有兩種走向，一種是一**路失敗**，一種是一**路成功**，但無論哪一種，**在接近高潮時，都要產生翻轉**。」

「所以其實，臭屁男的故事，也可以是一路追查到眞相，結果發現愛已來不及了？」

文青拿了我的作業：「有個對自己辦案能力很臭屁的警察，有天他接到一起命案，死者居然是他的初戀女友，他當年被她拋棄，花了很久時間才走出情傷，從此再也沒交過女友。他雖然心裡不情願，但還是被迫要調查女友的死因。他在調查過程中，發現原來當年她得了絕症，爲了不拖累他，才和他提出分手，他回想起過去種種相處，了解到其實女友是愛他的。這起命案之後，他解開了心結，開始願意和女生來往。」

文青彷彿被老師附身，也開始上演魔術。

「還可以，」老師點點頭：「這樣算是有轉折，他原本以爲女友不愛他，後來發現女友愛他。你現在安排的內容，算是有一個劇情方向的規畫，但還沒有外部的具體情節，不過是一個好的開始。**如果一開始想不太到情節，確實可以利用這種方向規畫來預先鋪排**。」

「但……但是……」我心中有點不是滋味：「他這樣子沒有絕望啊，而且內容太籠統了吧？種種相處是什麼？死因到底是什麼？全部都沒有交代。」

「**先有方向，才寫得出內容**，」老師居然開始替文青辯護：「沒有人要求妳一步到位。這也是爲什麼我一開始要提戲的內部外部的原因，因爲**內部確立了，外部安排什麼，其實**

**都只是差異不大的細節**。很多人會很執著，命案一定要是火災，或者一定要是墜樓，但其實只要能做出『自殺？意外？』這個有聚焦的懸念，就能達到這個故事設計的初衷。不是說細節不重要，該寫的還是要寫，但無論是火災版和墜樓版，其實是同一個故事。」

「我好像有點抓到訣竅了，」文青一臉得意：「原來編劇就是這麼單純的事啊。」

「你們少在那裡一搭一唱！」一股無名火竄起，我忍不住吼了起來。明明我這麼努力也弄不懂的東西，不要講得好像很簡單一樣。說什麼漂亮話，說什麼天分是無聊的事，這不擺明了天分決定了一切嗎？反正我就是沒有天分，反正我就是沒有資格沒有辦法成爲編劇！

「**妳不適合做這個**。」父親的話又在耳邊響起：「**妳應該去找妳更有天分的事情做**。」

丟下面面相覷的兩個人，我逃離了熱炒店，逃離了我曾經一心嚮往的編劇課程。

誰也沒有追上來，本來就是，誰也沒有理由追上來。

因爲我是被淘汰的人。

被這個才華決定一切的世界。

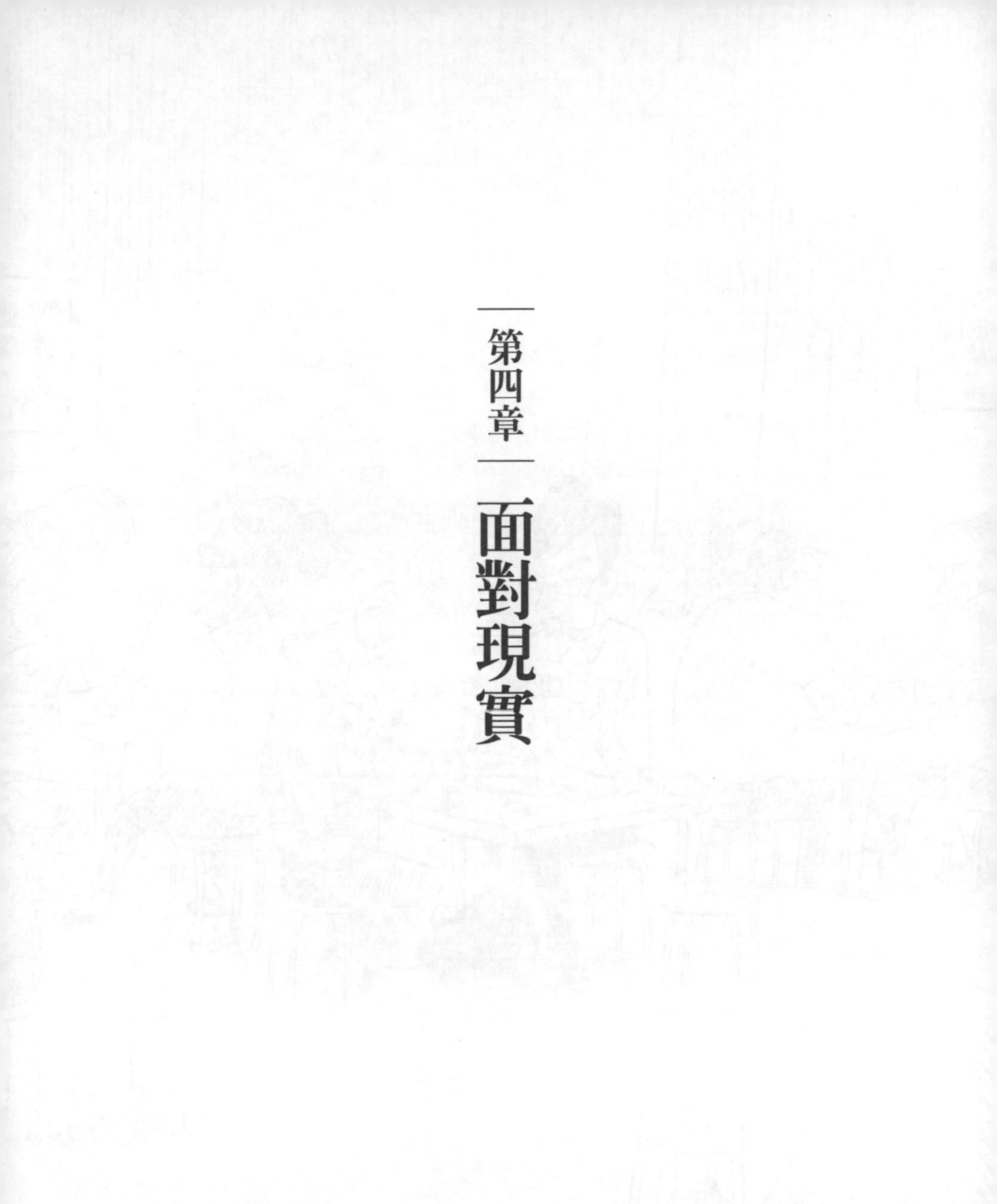

# 第四章

# 面對現實

酒類
台灣啤酒
炒羊肉
150

我當然是後悔了，做出逃跑這麼羞恥的事，又不是在演八點檔。

但無論如何，都不可能繼續了吧，編劇課程。

照老師的個性，就算去向他道歉，也不可能有什麼轉圜餘地的。

其實也沒有繼續的必要，畢竟，都已經證明了自己的極限。

編劇什麼的，本來就不是屬於我的世界。

我早就知道了，像文青那樣的人，看藝術片不會睡著的人，很快可以抓到重點的人，才是真正有才華有潛力的人。他永遠可以弄懂我們這種凡人不明白的東西。他甚至能弄懂程式語言，他的大腦和我是不一樣的，我們根本是不同的生物。

我整整一週都把自己關在房間裡，藉口生病了，連班也沒有去上。

畢竟是做了很久的夢，一下子醒來，難以接受是正常的。只要難過個幾天，很快就可以過去了。

但不管哭濕了幾顆枕頭，不管看了幾部搞笑電影，不管吃了多少桶冰淇淋，心中那股不甘心的感覺，始終都沒有過去。

# 振作的唯一方法

星期天的晚上，原因不明的，我來到了熱炒店。
我看到一個熟悉的背影，正在喝著麥仔茶。
但很快我就發現，我認錯人了。
這不是理所當然的嗎？我在期待什麼？老師沒道理再出現了。
一轉頭，他就出現在我面前，我發出驚叫聲。
老師沒說話，冷了我一眼，繞過我坐回他的位子，老闆正好送上他點的蚵仔酥和五香花生。原來剛才找不到人，他是去了廁所。
我在他的對面坐下，他也沒抬頭，專心做著他的筷子運動。
「我修改了上週的作業，能請老師幫我看看嗎？」我將作業遞向老師，但老師沒有反應，繼續夾著他的花生，我的手僵在半空。
我舉得手有點痠，只好將作業收回。我咬咬牙，硬是開口打破沉默：「對不起……上個星期，我不應該突然跑走的……我也不知道自己發什麼瘋，但就是突然很想逃走……原本我打算放棄的，但不知道爲什麼，我就是覺得不甘心，覺得放不下。我知道我已經被淘汰了，不應該浪費老師的時間，但是……」

「開始上課前，妳答應過我什麼？」

「不……不准缺席，不准遲到，不准不交作業，你說的要乖乖照做，不准有意見。」

「妳有犯任何一條嗎？」

「應該……沒有……吧？」

「那爲什麼覺得妳被淘汰了？」

「這……」所以意思是……我可以繼續上課？

「這個世界不會淘汰人，」老師夾完了所有花生，終於抬頭看我：「**從來都是人自己淘汰自己**。逃走不是問題，但逃走之後不願意回來，讓自己在自己的夢想上缺席，就是自己的問題。」

老師一如往常的面無表情，但不知爲什麼，我感覺熱淚盈眶。

「給我吧。」老師接過了我的作業：「一個臭屁愛面子的男人，因爲初戀前女友對他很差，覺得她不愛他了，向她提出分手。半年後，她墜樓死了。周遭的人都認爲是他害死了前女友，他爲了證明自己的清白，開始追查初戀的死因。他在調查的過程中，漸漸發現原來他們交往過程中，前女友做的很多事，其實都是爲了他，只是前女友的個性和他一樣臭屁愛面子，所以說了很多反話。他越是了解到前女友對他的付出，越發現前女友眞的可能是因爲他提了分手，才想不開自殺的。他站在前女友自殺的高樓上，那是他們相互告白，開始交往的地方，他不禁生起了輕生念頭，想和她一起死去。突然，大樓管理員喊住他，要他小心，圍欄還沒修好，容易發生意外，像之前有個女孩，就是因爲圍欄老舊摔了下去。原來前女友確實是死於意外，男人感到鬆了一口氣，但失去的愛無法再回來了，男人後悔大哭。他事後得知，前女友的心臟捐給了一個女生，那個女生告訴他，她現在過得很幸福，男人感到很欣慰，希望她可以健健康康的活下去。」

雖然很可恥，但我忍住沒有打斷老師，他接著唸我另一個作業：「一個暢銷電影編劇，和知名導演是一對演藝圈人人稱羨的情侶檔，但導演私底下其實是個恐怖情人，常常脅迫女主角做一些不堪的事。因爲導演在演藝圈的影響力，女主角敢怒不敢言，活得非常痛苦，她決定自編自導自演一齣戲來擺脫導演，但她無法信任演藝圈裡的任何人，只好求助於她的家人。但她的家人都是群廢柴，不是台詞記不牢，就是過度緊張或過度脫線，讓計畫一波三折，最終計畫被導演看穿，導演發狂要對女主角不利，家人情急之下將導演推下樓，導演重傷送醫，生命垂危。家人嚇壞了，丟下主角逃亡，主角只好編故事，假裝這是一場意外，自己是可憐的未亡人，守在昏迷的導演床邊。她陷入進退兩難的絕境，怪自己當初不該錯信沒用的家人，正當她猶豫該不該偷偷拔除導演的生命維持器，結束這場鬧劇時，撞見家人偷偷潛入醫院，打算和她執行一樣的計畫，他們是沒用的人，很高興能夠爲主角做一點事。主角了解到家人對她的心意，深受感動，不願家人替她犧牲。就在僵持不下的時候，導演突然醒了，他們驚慌失措，卻發現導演因爲腦傷性情大變，成了一個眞正的好情人。」

唸到最後，老師居然笑了，雖然只是「呵」的一聲，分不清是被逗笑還是冷笑，但我第一次見到他笑，反而有點嚇到。

「爲什麼想做這樣的修改？我沒有說過妳這故事有問題。」老師指著暢銷編劇的那個大綱。

「因爲……問題和臭屁男的問題幾乎一樣啊，」我有點緊張，怕自己是不是做錯了什麼：「動機不夠明確，不知爲什麼想逃，也不知道爲什麼想找家人幫忙。雖然結局有翻轉，但女主角好像什麼都沒做……老師會覺得導演的腦傷很糟嗎？這個轉變好像也不是女主角造成的，但我想不到其他解決方式，殺掉他好像也不太好……」

老師恢復一如往常的面癱：「以喜劇來說，問題不大，搞笑的東西對荒謬的設計比較有包容性。故事的外部是逃離恐怖情人，但家庭喜劇的內部是在傳達家人之間的問題、感情與牽絆，妳最後有處理了這件事，戲的內部有完成，所以導演的腦傷算是替這喜劇外部做個邏輯上的收尾，可以接受。」

「那……臭屁男的大綱呢？」

「爲什麼最後要捐心臟？」

「就覺得……雖然最後有一個翻轉，從他覺得是自己害的，到發現只是一場意外，他也從不了解女友，到了解女友對他的愛。但是如果就結束在他後悔大哭，好像還是少了什麼……」我有點不知道怎麼表達。

「女友還是不幸福？」

「對，感覺女友很可憐，明明是這麼好一個人，卻就這麼意外死了，總覺得這件事對男主角來說，不是一種成長，反而變成心中的一個陰影。所以我希望女主角最後能幸福，對男主角來說，看到她幸福，才算獲得了解脫。」

「雖然有一點突然，但比起結束在後悔大哭，有最後的安排感覺更好。我覺得這兩個大綱都寫得不錯。」

「眞……眞的嗎？」

「願意做，還是做得到的。」

我沒有被淘汰。我眞的……沒有被淘汰。

眼淚開始流個不停，我沒辦法要它聽話。老師只是靜靜的喝著他的麥仔茶，看我沉浸在喜悅的淚水中。

不知哭了多久，我情緒稍稍平復，終於有辦法說話了。我口齒不清的自言自語：「所以我還是有才華的……」

「不，妳沒有。」

咦？

「我不是說了嗎？不要執著在才華這種無聊的事上。**才華只是妳現在有多少能力，不代表未來妳有多少能力。**」

「你就誇我一下會怎麼樣啊！」我終於忍受不了這個不解風情的死木頭。

老師似乎對我的反應有點錯愕，想了一下才接話：「好吧。妳有一種才華，叫**願意修改**。妳不會死抓著作品原來的樣子，願意去發現缺點，將作品修改成更好的版本。很多人都把作品稱爲自己的孩子，太珍惜寫過的每一字每一句，所以修改的意願很低，給了意見回饋，修改的幅度也很小，基本上，這作品是**寵壞的孩子**。我覺得作品就是作品，哪怕重寫，哪怕設定改變，該改的，就是要改。」

這人眞的是很不懂怎麼誇獎人啊，我白眼都要翻到後腦勺了。

「算了算了……」原本的好心情都被打壞了：「上課吧。」

## 角色小傳

「經過這幾次的練習，妳應該有發現，要架構一個故事，**角色的設定**是很重要的。」

老師彷彿什麼事也沒發生一樣，自動進入了上課模式：「無論是他的想要、他的能力或價值觀，甚至是故事的主旨，幾乎都是配合著主角的設定。一個情節的合理不合理，其實也是由主角決定的。常常我們看完一部戲，劇情都忘了，但記得角色給我們留下的鮮明印象。角色也是觀眾入戲的重要因素，所以我們今天要來談談**角色小傳**。」

「角色小傳？」

「一般在業內提到角色小傳，指的通常是三百到五百字內的**角色簡介**。但我們在創作時寫的角色小傳，通常是更龐大的東西，簡單的理解，我們要**寫這個角色的生平**。」

「是因爲劇情需要嗎？」

「不一定，角色小傳有很多內容，其實不見得會放進劇本中。」

「寫了不能用？那不等於做白工？」

「但是**不寫，我們常常會弄不清這個角色確切的模樣**。以妳的大綱爲例，這個臭屁男，是一個怎麼樣的人？」

「呃……不就是臭屁的人？」

「但臭屁有很多種樣子，有的是對工作能力臭屁，有的是對身家背景臭屁，有的是對感情很有一套臭屁，而且也有分是眞的有料所以臭屁，還有其實沒料但卻很臭屁，有的人臭屁臭得討人喜歡，有的人臭屁臭得讓人反感，他是哪一種？」

「呃……呃……」太多屁了，我一時間昏頭轉向。

「而且就算是臭屁男，也不可能無時無刻都在臭屁吧？妳安排他去查案，他難道可以一邊打聽消息一邊臭屁？他會有禮貌？還是很無禮？是很嚴肅？還是很幽默？斯斯文文？還是像小流氓？他富有？還是其實沒什麼錢？」

「呃……呃……」我依然無法回答。

「妳說不定連他幾歲都不太確定。」

我不甘示弱：「應該和我差不多吧？」

「所以他二十五歲，初戀？」

「不……不行嗎？」

「可以啊，只是會影響到他怎樣臭屁比較合理，畢竟二十五歲才初戀，感覺是件會被朋友拿來開玩笑的事。」

「確實……那十五歲？」

「妳看，妳馬上就動搖了。**人物的狀態不夠具體明確，故事常常就會經不起考驗**。故事是角色人生中最重要的段落，這個段落可能發生在他二十歲，也可能發生在五十歲。如果發生在五十歲，那故事開始之前的，沒有被觀眾看到、沒有被編劇寫進劇本裡的前五十年，就是決定角色樣貌的關鍵。」

「意思是說，角色小傳有點像『故事發生前的故事』，我應該把他這五十年發生了什麼事，通通寫出來？」早知道編劇不容易，但這實在太過挑戰：「那如果這些東西都不會派上用場呢？」

「很多人都覺得，**角色小傳裡的東西，有八成用不上，是正常的**。」老師淡淡的喝著他的麥仔茶：「但我是實用主義，所以我大多只挑派得上用場的東西寫。我們在前兩次的課程，為了架構一個故事，已經替角色設定了一些東西，為了完成變化，**角色歷程**要有角色的**缺陷**和**需要**；為了完成有衝突的劇情，角色要有**想要完成的任務**、**想要的內在動機**、**適合與不適合任務的特點**。我的角色小傳，會著重在這些事情上。」

「只寫和這些設定有關的部分？」

「對。光是『臭屁』兩個字，每個人腦中想到的樣子都不一樣。但如果我們可以知道他的**具體行為**、**變得臭屁的原因**、**臭屁這個特質為他的生活帶來的影響**等，形象就會變得更具體。暢銷編劇如果遇上這個恐怖情人，她當初為什麼會和他談戀愛？她真的愛他嗎？還是只剩下恐懼？這都是需要想清楚的。所以我只會挑這些和故事有關的角色特質，把前因後果交代清楚。」

老師拿出一個表單：「例如，這是我的角色小傳。」（70～71頁）

「稍等一下，」我對老師拿出「自己」的角色小傳這件事有點在意：「一般人會寫自己的角色小傳嗎？」

「考量到感情戲的部分已經過去，這本書偏輕小說和編劇書的定位，再加上準備範例的方便性，作者覺得這個時候運用一點後設手法是沒有問題的。」❶

居然摸魚啊。

老師若無其事的解說起自己的角色小傳：「**基本設定**的部分，指的是**角色的姓名**、**性別**、**年齡**、**職業**等，因爲這部分沒什麼前因後果，所以後面都是無。但如果有一些特殊原因，妳想寫出來也可以。」

「一定只有這些項目嗎？像外貌、身材這些東西，需要寫嗎？」

「**妳想寫就寫，沒有對錯**。有些創作者會喜歡做一些細節的描述，例如『瓜子臉，細細的眉毛，戴著細框的金邊眼鏡，總是露出鄙視的眼神，如果鼻子挺一點，應該會是個精緻的帥哥，可惜卻是個扁鼻。』，這樣的詳盡描述在小說中更有效，但在劇本中意義很有限，因爲無法找到百分之百符合妳描述的演員，就算找到了，也不見得可以配合演出。」

「那爲什麼要**參考形象**？這不是反而更具體？」

「找個參考形象的好處有三個，一個是因爲寫劇本的時間很長，妳不把角色形象想好，常常會受到妳生活中看到的其他作品影響，使妳的角色變形；第二，一個具體的形象，其實會幫助妳想到更多生活與行爲上的細節，比起妳面對一團空氣思考更具體；第三

## 自我表達

出生在屏東的老師世家，獨生子，從小就很被要求成績，我也確實可以達到要求，沒有補習，盡量不造成家人的負擔，作息規律、自律，親友之間除了逢年過節的拜訪，少有往來，我也因此習慣無事不登三寶殿的人際關係。

我順利依照父母的期待考上台大資工系，後來因參加話劇社而對戲劇產生興趣，修了許多戲劇系的課，讀了很多相關理論，也做了不少自己的作品。我覺得我的理性思維對編劇很有幫助，也很適合當編劇，但不知道為什麼走到哪裡，大家都覺得編劇是一門靠天分的技術。

不知是幸或不幸，我父母在我當兵期間相繼因病過世，留下了保險金與房子，也使我第一次可以自己考慮自己的人生。我退伍時，正好遇上優良電影劇本獎的頒獎典禮，我因為入圍了獎項，在現場認識了一些製片與編劇朋友，決定開始編劇工作，想證明我自己的想法。

我在電視劇團隊當了幾年寫手，後來開始參與一些電影製作，但案子都沒有走到最後。後來在圈內發生了一些事情，心灰意冷回到屏東老家，在朋友的牽線介紹下，開始接觸網大，因工作效率好，品質不錯，案子一件接一件，很諷刺的，我的收入居然比我待在台北時還高，但我沒有什麼生活開支，每天像上班族一樣，慢跑、寫八小時、看戲、讀書、睡覺。一年過去，一轉眼居然寫了二十個劇本。

我覺得我的創作模式是可行的，編劇可以像工廠一樣的生產品質穩定的劇本，對需求越來越大的產業帶來影響，但這個產業的問題，從來都是人，我對人很失望，但又不想放棄。我上網查了一下，發現除了台北，幾乎都沒有編劇課程，而且除了電視台開設的招收寫手的編劇班，也很少有私人授課的課程。

我索性自己在屏東辦一個，借了便宜的里民中心，用講座的方式講解我的創作方式，就當做是回饋鄉里吧。儘管沒什麼人來，來的也是一些純粹有興趣、甚至只是來打發時間的里民，我也無所謂。反正我不缺錢，我也不缺時間，我其實不太確定我為什麼要每個月都辦一場，或許，我心底還在期待什麼。直到那一天，那個一身狼狽的女孩，出現在我面前。

| | | 形成的原因 | 具體的表現 | 造成的影響 |
|---|---|---|---|---|
| 角色基本設定 | 高明，男，32歲，全職接案編劇。 | 無 | 無 | 無 |
| 性格 | 不苟言笑、冷靜理性。 | 出身教師世家，受一板一眼的父母與教育影響。 | 像個機器人、面癱、說話理性直接、重複枯燥機械化的生活作息。 | 人際關係不好，獨居無女友，生活只有工作。 |
| 缺陷 | 對編劇產業失望。 | 曾經試圖改變，但因過去事件受到創傷。 | 只寫網大，不挑戰心中真正覺得有品質的作品。 | 搬回屏東居住，遠離編劇圈。 |
| 任務動機 | 期待培訓出好的編劇。 | 心中的理想與價值觀。 | 每個月辦免費講座，願意教課。 | 開始每週課程，與詠琪漸漸熟識。 |
| 適合特質 | 分析能力強，教學系統化，認為編劇是可以教的，與天分無關。 | 天生特質與個人學習過程。 | 教學方式，該說的就會說。 | 只要學生不放棄，肯配合，他就會教下去。 |
| 不適合特質 | 個性彆扭，太實際，期待又怕受傷害。 | 心中其實希望證明自己是對的，但過去現實讓他受傷，可是他還沒完全放棄希望。 | 說話不帶感情，對學生不特別抱期待，不體貼也不鼓勵，與人保持距離，除了課程相關外，沒有任何其他互動。 | 常造成學生的挫折感。 |
| 需要 | 希望的證明。 | 在故事中完成。 | 看到學生的表現與鼓舞。 | 狀態改變。 |
| 參考形象 | 星野源。 | | | |

是方便溝通，當妳要和別人討論劇本時，可以提供一個具體的形象給製片、導演，你們就可以針對這個形象討論，不會在一些形容詞上做沒有意義的來回。」

「那我怎麼決定這個形象？憑直覺和喜好嗎？」

「原則上我們替角色設定的外貌，是根據**角色的符號**來決定的。」

「符號？標點符號的符號？」

「妳的人設總是會問出笨問題，眞的是難爲妳了。」啊，老師露出了鄙視的眼神：「但確實標點符號是種符號，句號有它的意義，逗號有它的意義，符號在我們生活中無所不在，我們中文字本身也是種符號。**角色在戲劇中，很多時候都是符號**，我是一個老師、是一個理性的代表、是有經驗者、世故的一方，而妳則代表迷思、初學者、有勇氣不斷嘗試的一方，我們都是爲了表現這個故事所必要的符號，就像龜兔賽跑，烏龜和兔子，是勤勞與天賦的符號。

「所以符號化的建立，就是設定斯文、理智、不苟言笑這些特質，不管是誰來演，長什麼樣子，都可以符合這個**角色要代表的概念**。與其抓到極細節的長相，不如著重在概念的安排。」

「但這樣不會變得很無聊嗎？」我不禁抗議：「難道理智的人，就不能長得粗獷，或是說話幽默、善解人意嗎？」

「當然可以，而且**故意設定外貌和內在有矛盾**，是一種常見的技巧。這個技巧在動漫作品中很常被運用，妳會發現動漫作品中的角色，肌肉男大多是娘娘腔，看起來善良的人其實很腹黑，表面精明的人其實是天然呆。**矛盾的角色會比平面的角色有意思。**」

「平面？動漫角色本來就是平面的啊。」老師沒接話，我把視線從筆記本上移到他臉上，居然又是那鄙視的眼神：「我說錯什麼了嗎？」

「妳沒聽過**平面角色**和**立體角色**？」

我搖頭。

老師也搖頭：「……我對於妳渴望當編劇，卻又從來不自己去找資料來學習這種行爲感到匪夷所思。算了，反正這兩個詞很多人也搞不清楚。」

「是吧是吧，看書不如問老師。」我露出燦爛的甜笑，卻換來惡毒的目光。我總覺得今天老師的情緒變多了，雖然都是負面情緒。

## 角色設計

「我們替角色設定的每一個特質，例如內向、懦弱、不擅打扮、沉迷遊戲、不愛出門等都是一個點，如果所有『點』都落在同一個刻板印象的『面』上，例如『宅男』，這個角色就叫做『平面角色』。而一**種對於角色的刻板印象**，我們常稱做**角色面向**。」

「所以剛才提到的有矛盾的角色，就是『立體角色』？」

「是，也不是。」老師說了，等於沒說：「如果只是在外顯行爲上的標新立異，雖然確實會變得有意思，但也僅只是有意思而已。他們披著立體角色的皮，但內在仍然很單一，不管在什麼情況下、面對什麼人，他都是同一個面向，那他其實還是平面角色。眞正引人入勝的立體角色，**內在也會有不同的面向與矛盾**。像我這樣，一方面從事著編劇這種大家覺得充滿想像力的工作，一方面卻過著機器人般的生活；一方面對編劇環境失望，一方面又在教育別人進入編劇圈；一方面態度很冰冷，一方面在行爲上又很熱情；又請吃飯，又認眞教學，又不收錢，這整體結合起來，便是一個耐人尋味的立體角色。事實上，立體角色是比較接近眞實人類的角色，因爲**現實中的人，本來就是矛盾又複雜的**。」

「自己說自己耐人尋味啊……」

「所以，我們先根據故事的主旨，抓出角色的符號。依著這個符號，去漸漸的把角色從一個符號打造成一個人。無論是透過基本設定、外貌、性格、缺陷、特質……如果完全一致，沒有任何矛盾，就會顯得呆板，如果有適度的矛盾，就會比較迷人。但要記得這些矛盾要合理，**在情感上說得通**，不然角色就會缺乏眞實度和說服力。」

我看著老師的角色小傳：「前面的部分我大概了解了，但後半部什麼形成原因、具體表現、造成影響、自我表達又是什麼？」

「就是這項設定的前因後果。**我們人身上會有某個特質，都是有原因的**。就像妳會想當編劇，一定有一個理由，有人會怕蛇，有人會沒自信，有人會自大，都有各自的理由。而**這個特質一旦形成，也會影響他與世界互動的方式**。一個有自信的人，會比沒自信的人更願意去交朋友、取得更好的工作，**具體表現**指的是**他個人實際的行爲**，**造成影響**指的是**這些行爲怎麼進一步的改變了他的生活，形成了他的現況**。這三格是一連串的因果，原因導致表現，表現導致影響。」

「看起來表現和影響都和我們的設定有關係，但是原因怎麼安排？例如我要寫一個殺人魔，表現是亂殺人，影響是警察想抓他。但我怎麼會知道是什麼原因會形成殺人魔？」

「不知道就讓自己變知道，不然就**假裝知道**。」老師理直氣壯。

「前半句我懂，就是去**查資料找答案**，但假裝是什麼意思？」

「就是**靠想像**。沒有『遇到了就一定會變殺人魔』的人生，很多人小時候都被父母打過，有的人會產生不好的性格，有的人不會，關鍵在於對這件事的詮釋，他怎麼找到一個合理的方式去理解他遭遇的事。我們只需要提供理由就好，這種事沒有標準答案。」

我還是一臉苦惱，老師只好提供選項：「有一些簡單的法則。第一個是**傳承**，物以類聚，出生在什麼家庭、和什麼朋友聚在一起，就會變成什麼人。像要建立我單調的作息與制式化的性格，所以找了老師這樣的家族，因爲老師感覺符合這種形象。當然同樣符合這種形象的，還有軍人、公務人員、工廠作業員等，但因爲我的角色符號有老師這一塊，直接連結會比較理所當然。做設定時，保持簡單會比較容易。所以要建立殺人魔，他可以出生在屠夫家中，或是殺手的家庭當中，使他對殺害生命這件事覺得理所當然。不過傳承有時會被**反過來用**，因爲出身在什麼事都講規矩的家庭，反而產生了什麼規矩都不愛遵守的個性。所謂物極必反，只要說得通，都可以安排。

「第二個是**歸因**，人遇到好事或壞事，都會找理由，一個人長得醜，又被欺負，或許別人欺負他的原因不是醜，但只要他這樣覺得就可以。我們可以安排一些事件，讓他去相信。歸因的作法通常有兩種，第一種是**靠時間次數**，他長時間被欺負，卻找不到別的原因，使他越來越相信原因就是醜；或是他每次去拜神，就會有好事發生，他越拜就會越相信。另一種是**靠帶來強烈情緒的重大事件**，通常是和重要他人有關的事，例如信任的人的背叛、親人的評語、做了什麼事導致愛人的死亡等，會很快的建立起某種價値。所以要建立殺人魔，可以讓他小時候習慣破壞玩具引起父母注意，所以漸漸養成破壞東西的習慣，因此小時候破壞娃娃，長大就破壞眞人；也可以讓他遭到嚴重背叛，導致他的價値觀扭曲，開始一再的殺人等。

「第三種是**教育訓練**。他受過一些特殊的教育訓練，使他擁有了一些特定的價値觀。

這個殺人魔受過特殊的訓練，使他覺得殺人是正常的事。這三種方式可以和妳查的資料相似結合，這樣就不會千篇一律，好像每個殺人魔一定都有悲慘的童年。這樣懂了嗎？」

我一手奮力的抄筆記，一手比了個ＯＫ的手勢。不知爲什麼，我開始漸漸知道怎麼和老師相處了。他表面上看起來冷冰冰的，好像很強硬，但實際上只要你向他求救，他就會出手幫忙。

「最後就是**自我表達**，讓角色用他的口吻，也就是以第一人稱的方式，把前面妳所設定的東西，做一個自我介紹，故事性的描述。一來算是做個總整理和總檢查，看看有沒有什麼不順或不合理的地方，二來也可以找一下這個角色的聲音，決定他的說話方式，這部分有點像參考形象，先決定下來，就不會隨著創作時間拉長而跑掉。」

「但說話方式又要怎麼決定呢？」

「這部分就是大哉問了，細節我等到要寫劇本對話時再說明吧。」老師開始收拾東西，看來今天的課程差不多了：「原則是**語氣自然**，寫完自己唸一下，**聽聽看像不像妳所設定的角色**。對話這種東西不需要花俏，不失分就算得分。」

「今天聽下來，角色的安排，似乎不像故事架構那麼明確。」

「很多人認爲編劇不能教，也是因爲這樣。因爲對人的想像是隨著個人生活經驗的差距而形成的，筆下角色會煩惱的問題、想探討的主題，其實也因人而異。到底設計什麼樣的細節來表現人物更好呢？這些需要生活歷練的累積與思考，以及美感的培養。但這也是在機械化的故事架構下，故事仍然能夠千變萬化的原因，就像人生，每個人都是生老病死，卻因爲我們彼此的不同，可以發展出各種各樣的人生。創造並且思考生命，這或許才是創作最有趣的部分。知道我爲什麼選在熱炒店上課嗎？」

這個問題，我想問很久了。

「因爲我不喜歡故事的背景，總是居酒屋、咖啡廳。我也不喜歡故事裡的人物，總是只有俊男美女。」老師用筷子指向我們的左邊：「妳看那桌，幾個喝酒的大叔，有的黑，有的胖，但他們可能都是某某公司老闆，有的賣佛具，有的賣茶葉。」

老師指向他後面，彷彿他背上有長眼睛：「後面那桌大學生，看起來是球隊練完球來吃飯，有看到那個女生對旁邊男生的眼神嗎？這是大學生戀愛的日常。這明明是我們青春面貌的一部分，我們會進雜亂的夜市，會吃蔥爆牛肉、白斬雞、羊肉爐，我們生活中有熱炒店老闆、包肉粽的阿桑、煮四神湯的越南媽媽。但在我們的小說、戲劇作品中，卻總是被視而不見。妳看日劇、韓劇和美劇，幾乎處處都可以看到他們文化的痕跡，**別人的戲劇是建立在生活上，而我們的戲劇卻建立在不明的幻想裡**。妳學編劇，應該坐在熱炒店裡學，因爲**這才是現實，屬於我們這塊土地的現實**。」

原本總是務實的老師，現在突然談起了理想和情懷，讓我有些驚訝，但我不討厭這樣的老師，反而覺得有些可愛。這樣懷抱著熱情的老師，爲什麼沒有繼續留在台北工作呢？他的小傳裡，寫說他因爲發生了一些事情，才心灰意冷的離開。所謂的一些事，指的會是什麼？

正當我想進一步追問時，光線突然變暗，一道陰影籠罩了餐桌。

「啊……才說現實，就出現了超現實的畫面呢。」老師看著我身後陰影的來源：「這個天氣穿袍子，不覺得熱嗎？」

我回過頭，一眼認出了那是《星際大戰》中絕地武士所穿的長袍，長袍披覆著一個巨熊魁梧的身形。

不會吧……我心中升起不祥的預感，慢慢抬頭看向巨熊的臉。

巨熊拔起背上的光劍，光劍發出「嗡——」的經典音效，散發藍色螢光，架在老師的脖子上。

老師一臉淡定：「有什麼事嗎？你不會想說，你是我爸爸吧？」

這個星際大戰的梗，在這個時候顯得特別荒謬。

因爲，這頭巨熊，眞的是我爸。

注❶：後設，指故事裡的角色「知道自己是故事裡的角色，並且知道作者與讀者的存在」，在後設作品中，我們會看見角色評論作者與故事、與作者或讀者互動等等。這種手法因爲本身不寫實，因此常見於喜劇之中。

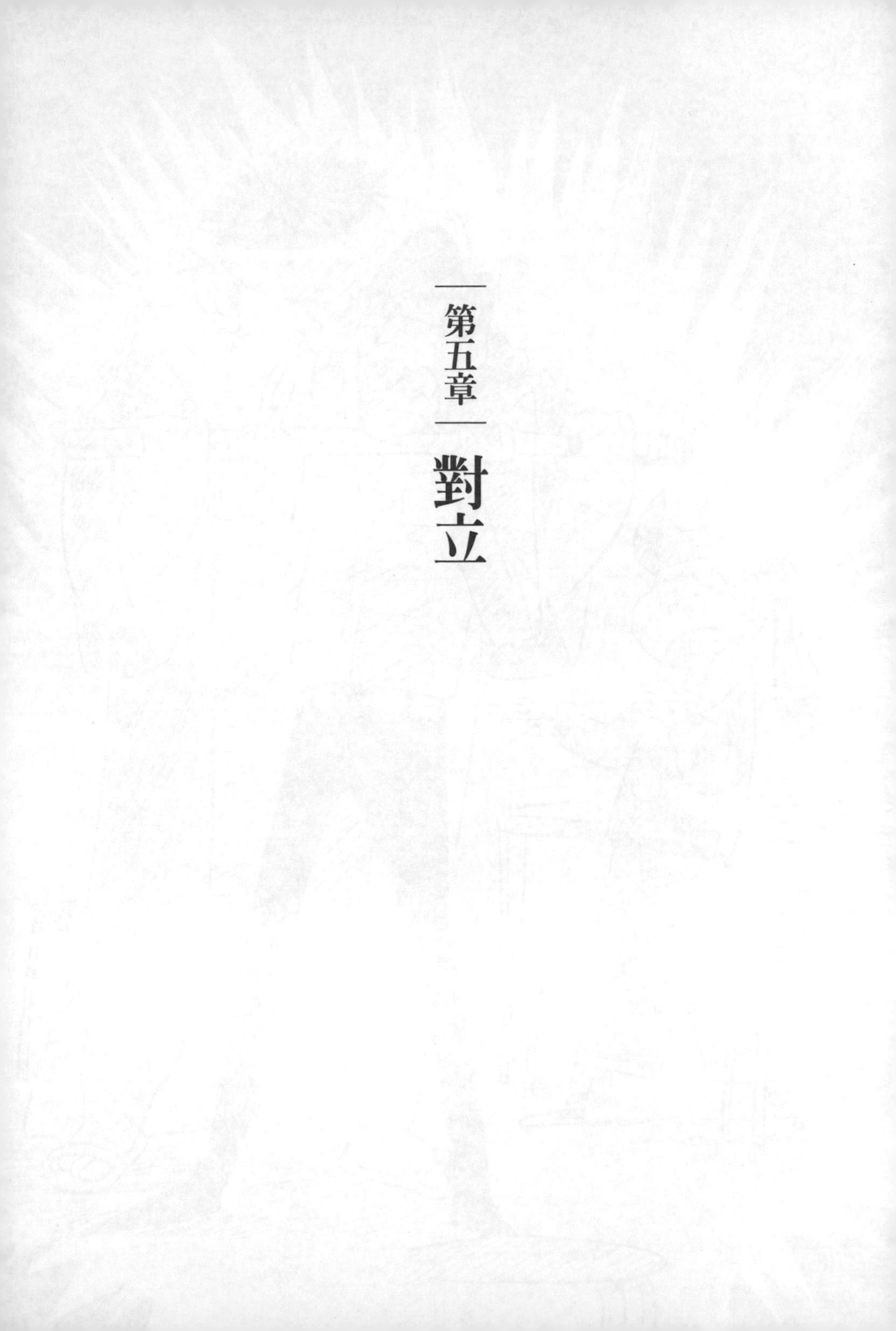

# 第五章 對立

## 賣得出去才是重點

「不好意思啊老師，和你開了個玩笑，哈哈哈哈！」老爸背上揹著兩把光劍，坐在我的身旁。花蓮的太陽將原本就肌肉壯碩的他曬得黝黑，配上絕地武士的長袍，像是什麼星戰版的台灣黑熊限量公仔。

「沒什麼，能見到傳說中的光劍鑄造師，是我的榮幸。」老師嘴裡很客氣，但臉上仍然維持面癱，看來他無論面對誰都是這個狀態。

這到底是什麼啊？這種一觸即發的氣氛。

「他們說空心菜賣完了，換水蓮可以嗎？」

「爲什麼你也在這裡啊……」我白了文青一眼。

「妳爸回屏東找不到妳，當然是聯絡我啊，畢竟他當初是把妳交給我嘛……」

「就說了不要講這種讓人誤會的話！」

「老師啊，不好意思讓您費心了，」老爸摸著我的頭：「我這女兒從小就是這樣，想做什麼，就一頭熱，想當初，她還想和我一樣，當光劍鑄造師呢。」

又開始了，老爸逢人就愛講這事。他總是要從他被裁員灰心喪志說起，在看了《星際大戰》後重新燃起熱情，開始研究光劍，找到了生命的意義。他打造的光劍比官方版本更亮、音效更逼眞、手感更好也更耐久，很快就在玩家中打出知名度。他甚至在星戰的Cosplay 派對上認識了我媽。

或許是因爲聽太多次老爸因光劍重獲新生的故事，也可能是光劍對小孩來說是一件太酷的玩具，我確實曾經有段時間想像老爸一樣，當一名光劍鑄造師。但我的數理成績奇差，而且手工藝能力近乎零，在老爸的工作室裡，我就是一個活動型毀滅武器。雖然高中硬逼自己選了理工組，但卻弄得自己差點畢不了業。我和文青，也是那個時候認識的。

大學在屏東渾渾噩噩了兩年，我意識到，或許我沒辦法成爲像父親一樣的鑄造師，但我可以成爲創造光劍——不，創造《星際大戰》的人。想成爲編劇的念頭，大約便是在那個時候萌芽的。但我完全不知道怎麼開始，就這樣一直到了最近。

「但是她呀，沒有天分的。大學時候就努力過了，完全不行的。」老爸大力拍著我的背，笑得很燦爛：「人生苦短，我一直都鼓勵她去做她眞正有天分的事。」

又來了。

表面上老爸老媽都是開明的父母，放任我嘗試任何我想嘗試的事。但每當我嘗試了兩三個月沒什麼起色，他們就會說：「妳不適合做這個，妳應該去找妳更有天分的事情做。」

我多麼希望他們能像別人的父母那樣打我罵我，怪我沒出息，不夠用心不夠努力。但他們總是笑笑的說，妳只是還沒找到妳有天分的事。

「我這次不一樣了，你看我寫的東西，老師也說我寫得不錯。」我將我寫的大綱交給老爸，作為反擊。

「是嗎？」老爸笑著接過大綱，問老師：「這種程度，就可以成為編劇了？」

老師回答得很乾脆：「當然是還遠遠不夠。」

「我才剛開始學不到一個月，我已經在進步了……」

「安慰的話，誰都會說。」老爸阻止我插嘴：「老師啊，你如果為了溫柔，不願意當壞人的話，我會很困擾的。」

桌上的氣氛，瞬間凝重起來。

「劉叔，你別開玩笑了，高老師是我見過最不溫柔的人了，哈哈哈哈……」文青乾笑，試著打圓場，但一點效果都沒有。

「這孩子做事總是一頭熱，你不讓她知道現實的殘酷，她會過度樂觀，搞不清楚狀況。」老爸將大綱拍在老師面前：「這兩個大綱，你打算出多少錢買？」

老師沒有回答，只是盯著老爸。老爸笑著將臉逼近老師：「這個問題夠實際吧？**嘴裡說得再漂亮，願意花錢，才是真的。**」

我想阻止老爸，但我其實也想聽老師的答案。

「零元。」老師不動如山：「我一塊錢也不會出。」

老爸愣住，接著大笑。「好！妳這老師不錯，一點也不客套！妳聽到了吧？這東西不值錢。」

「你爲什麼要這樣？羞辱我很好玩嗎？」我太生氣了，氣得渾身顫抖。

「我是爲妳好。」老爸笑意不改：「人家不是說嗎？揮別錯的，才能和對的相逢。」

「你……！」我轟的站起身，卻被老師喝住。

「妳給我坐下！」

這一吼不得了，整家店都安靜了。所有的眼光都投向我們這桌，聚焦在虎背熊腰的父親和站著的我身上，我進退兩難，只好聽話坐下，老爸也被老師嚇到，不知做何反應，開始向其他桌的人道歉。

誰也沒想到老師小小的身體，能發出這麼驚人的聲量。我們只好靜靜等待老師說話，而老師只是盯著我。

周遭漸漸恢復原有的吵雜聲，老師慢慢開口：「妳又想像上次一樣跑掉嗎？遇到受不了的事情，就選擇逃走，一個人躲著哭？然後再裝作什麼事都沒有發生過，以爲自己想清楚了，繼續把日子過下去？」

「……你轉過去，不准看我。」我指著文青。

「我？」文青莫名其妙，但在其他人的眼神壓力下，乖乖捧著碗，背過身去。

煩死了，一個一個都煩死了。

幹嘛都要這樣說話？到底是要逼我哭幾次才甘心？

但我沒有出聲，只是靜靜的任眼淚流下，我沒有辦法控制它，但我努力的控制我的表情。這次不是委屈，不是軟弱，而是一股怒火。

「不然我該怎麼辦？」我的聲音聽起來比我想像中更平靜。

而這個活在異次元世界的機器人老師，居然開始上起課來。

「我之前有說過，**電影是一個商品**，投資人花錢不是爲了實現誰的夢想，而是爲了賺錢。而一部電影能賺錢，是因爲它有吸引觀眾進場的能力，並且可以提供給觀眾他們期待的體驗。簡單的說，一部作品，必須要**有噱頭**、**有賣點**。」老師指著大綱：「這兩個大綱，暢銷編劇的這個，明顯比臭屁男的有賣點。」

如果是平常，我一定開始做筆記，但我現在一點也不想聽這些。

「一部作品的賣點可能來自不屬於劇本的部分，例如導演或演員，這不屬於我們討論的部分。賣點通常來自幾件事：第一是**跟風話題**，某個知名的眞實事件改編、某個曾經被熱議的話題（如網路霸凌、情緒勒索、借精生子、食安問題等）、或某個票房很熱的題材，要操作這種類型，時效性很重要，所以在網大、網劇較常見，在院線操作就要小心重複性，如果剛好有人先做了相似的議題，投資可能就會出問題。

「第二是**陌生的組合**。陌生組合是一種常見的創意手法，具體作法有幾種常見的操作。

第一種是**離水之魚**，將角色放進不適合他的情境。

《人在囧途》：有錢人的窮遊返鄉。

《金髮尤物》：時尚教主讀哈佛法學院。

《高年級實習生》：有經驗的老人在都是年輕人的公司當實習生。

第二種是**類型中的不常見角色**。

《通靈少女》：宮廟仙姑的校園愛情故事。

《我和我的冠軍女兒》：以女生爲主角的摔角作品。

《神偷奶爸》：以怪盜爲主角的英雄作品。

《寶貝老闆》：以嬰兒爲主角的特務片。

《搖滾青春戀習曲》：怪咖組樂團的愛情故事。

第三種是**類型的混搭**。

《殭屍哪有這麼帥》：喪屍混搭愛情類型。

《來自星星的你》：愛情混搭懸疑類型。
《哈利波特》：奇幻混搭校園類型。
《暮光之城》：奇幻混搭羅曼史類型。

「第三是**複製經典創意**，有些情節本身非常有趣，只要使用就會吸引觀眾，例如時間循環、穿越、靈魂交換、自相殘殺的遊戲等，這種賣點的操作要留意特殊性和類型差異，例如同樣是時間循環，《土撥鼠日》是浪漫喜劇，《明日邊界》是戰爭片，《忌日快樂》是驚悚片，不能用一樣的手法操作一樣的類型或內容，不然就會變複製品，而不是賣點。

「第四是**特殊的世界觀或想像**。打破原來世界的規則，或直接建立一個新世界。

《天外奇蹟》：氣球使房子飛起來。
《玩具總動員》：玩具其實有生命。
《獵殺星期一》：全球性的一胎化政策。
《鐘點戰》：時間變成了金錢。
《國定殺戮日》：一年當中有一天犯罪是合法的。

並不是建立一個新世界就一定有賣點，這個新世界應該要能實現大家平常時的白日夢，或是對現實世界有某種呼應或諷刺。

「第五是**不可能的任務**。整個故事的主要劇情，就是實現某個看上去不知道該如何實現的任務，所有**小蝦米對抗大鯨魚類**的都屬於這種類型，其他例如：

《屍速列車》：在狹小的列車上躲避殭屍。

《奪魂鋸》：死或是比死更恐怖的二選一難題。

《有錢真好》：三個平凡的女人要搶最高安檢的美國聯邦準備銀行。

「第六是**揭開神秘面紗**。日常生活有一些帶著神秘色彩或不為人知的職業，這種揭密式的作品本身也很有噱頭。

《送行者》：禮儀師的日常。

《出神入化》：神奇的魔術。

《型男飛行日誌》：專門請人離職的工作。

《全民情聖》：教人如何把妞的工作。

《全面啓動》：能進入夢境的工作。

「這六種之間可能會有混用的情況，重點不在區別妳的創意是哪種類別，而是可以藉由這六種分類，幫助妳去構思出有賣點的創意。臭屁男的大綱中，很明顯不存在這些元素。女編劇的大綱，因爲有娛樂圈這個神秘面紗，還有一群不入流的人，設局陷害導演大魔頭的不可能任務，所以看起來更有賣點。」

「那個……」文青舉手：「我可以轉回去了嗎？」

「不行！」我脫口而出，語氣中的兇狠似乎嚇到其他人，他們訝異的看向我。

老師解說得很詳細，但我心中的怒火卻燒得更旺盛。

我現在不想聽這些，爲什麼你不明白呢？

「爲什麼只有我要轉頭？」文青連後腦看起來都很欠扁：「妳該不會是暗戀我吧？」

「暗你個大頭鬼！」我純粹只是不想讓文青有機會笑我哭的樣子，反正老爸早就看慣我哭了，而老師剛才也看過了。

爲什麼明明就見過我的脆弱，還要對我這麼壞呢？

你以爲我想逃嗎？如果你願意說一些安慰我的話，願意給我一些哪怕虛假的肯定，哪怕我再笨再傻，環境再差再惡劣，哪怕就連父親都放棄我了……能不能夠，不要在這時候教我該怎麼做，我只希望你能告訴我，我可以做到……

爲什麼你不懂呢？寫這麼多劇本都寫去哪了？

我雖然罵著文青，但眼神始終瞪著老師，沒有移動。

但老師卻不爲所動：「但**光有賣點是不夠的**，很有噱頭卻執行得很差的作品，非常常見。很多製片都有點子，他們也以為自己能寫，說是自己時間不夠才沒動筆，都只是話術。點子是不值錢的，**把點子執行到位的能力，才是編劇有價值的地方。**」

「所以你才說這兩個大綱不值得買？」老爸似乎因為老師將賣點條列式的能力，開始對他產生更多興趣。

「我沒說這兩個大綱不值得買。雖然數量極少，但製片還是會花錢買下他們有興趣的創意，如果是接案的情況，在大綱階段，甚至簽約階段就收錢，也不是奇怪的事。」老師想喝飲料，卻發現罐裡空了：「你問的是『我會出多少錢買』，我又不是製片，為什麼要花錢買別人的大綱呢？」

老爸失笑：「你把我弄糊塗了。所以你到底覺得我女兒有沒有天分？」

老師嘆了口氣：「果然女兒不聰明，就不能對父親期待太高。我直說吧，我還挺討厭你這種人的。」

「嗯？」老爸發出了威嚇式的低吟。

「只不過因為自己擅長一些事情，就口口聲聲把天分掛在嘴邊，表面上好像是想鼓勵別人適性發展，找到適合自己的道路，實際上不過是為了吹噓自己高人一等，隱藏自己不懂怎麼指導別人的事實，甚至否認別人的努力。」

在所有人都還來不及理解老師到底在說什麼的時候，老師轉頭向我追擊：「妳則是我討厭的另一種類型。明明才努力了一下下，就只想著要別人摸頭稱讚，受不了別人的任何一點否定，就因爲別人不認同妳，就自怨自艾並且放棄繼續努力，擺出一副受害者的樣子，好像一切都是命運對妳不公，別人對妳不好，而妳只能接受。醒醒吧，別人『有天分』或許是運氣、是祝福，但自己『沒天分』絕對是**活該**，因爲是妳自己不肯**努力到別人認同妳爲止**。」

老師機關槍式的掃射完一輪，便自顧自的起身去飲料櫃拿他的麥仔茶。我和老爸面面相覷，看著彼此的表情，我們都笑了。

「那傢伙是機器人嗎？怎麼罵人和教課的語氣一模一樣？」老爸笑得都咳嗽了。

「你才知道他有多怪……」我也開始分不清我的眼淚是氣的還是笑的。

「我可以轉回來了嗎？」文青再次舉手。

「不准！」我和老爸異口同聲。

老師無視我們氣氛的變化，回到座位上。我眞是搞不懂這人的腦袋結構，雖然心底還是對於他不願意給我鼓勵感到不是滋味，但又開始感覺到，他其實用另一種角度在鼓勵著我。他到底是眞的不懂得怎麼說話，還是只是不夠坦率呢？

突然，老爸臉一板，雙手交叉在胸前，挺起腰，整整比老師高出一個頭不止，充滿壓迫感：「你不要太自以爲是了。」

原本悄悄放鬆的氣氛，又一下子緊繃起來，老爸轉向我：「但我不想勉強妳。是要繼續在沒天分的領域浪費時間，還是趕快轉換跑道，去發掘自己眞正擅長的東西，妳自己決定吧。」

「我……」老爸從來沒有這麼嚴肅過，我全身緊繃，用眼神向老師求救，但他居然開始研究菜單，是準備要吃宵夜嗎這傢伙……我一陣忸怩，最後終於下定決心：「我想我眞的不擅長編劇。」

我感到喉嚨乾澀：「老師講的東西，明明很清楚，但我常常要想很久。作業總是想破頭，而且成果也不見得好。每次看戲都覺得編劇超強的，自己可能寫一輩子也趕不上。但不知道爲什麼，越來越有一種喜歡的感覺，不只是像原來那種單純的憧憬，是眞的喜歡，想要嘗試，想要多知道一點。只要能夠跟著老師繼續學下去，其他什麼都不重要了。」

一口氣說完，我覺得心情總算輕鬆了。反正人生最後會怎樣，誰能知道呢？就算不擅長，只要喜歡，就値得不斷努力下去吧？

抬起頭，發現文青的臉就在眼前，嚇了我一大跳。他一副讚嘆的表情，打量著我，讓我渾身不自在：「誰准你轉過來的？你幹嘛啦？」

文青露出壞笑：「『只要能夠跟著老師……』，想不到，你們已經發展到這種程度啦？」

咦？

咦！

等等等等等等！我不是那個意思啊！

我轉頭看向老爸，你那一臉女兒要出嫁的不捨表情是什麼意思啊！我再轉頭看向老師，你平時不是處變不驚嗎？現在那有點尷尬有點嬌羞的表情是什麼意思啊！

「妳終於想通了，老師很開心，但妳的心意，我恐怕沒辦法接受……」誰要你接話了？你接這話的人設確定沒有崩壞嗎？

「老師，那我女兒就交給你了……」這種讓人誤解的話已經出現第三遍啦！

「我是想學編劇！我指的是學編劇！」我趕緊澄清。

「我們都懂，我們都懂。」文青拍拍我的肩。你們懂個屁！

我明明感覺自己說了很感性的話，這明明是我人生中重要的轉捩點，爲什麼會變成這樣啊啊啊啊……

彷彿是要慶祝什麼一樣，老爸又點了一桌菜，開始和老師聊許多電影的話題，他對於老師能夠和他暢談DC和漫威的劇情與世界觀，感到不可思議。

「我以爲你們編劇老師，是不屑看這些爽片的。」

「如果對於受歡迎的類型不感興趣，又怎麼能寫出受歡迎的作品呢？這其實是很多編劇的問題。」

「同意！乾！」老爸已經喝得醉醺醺了：「你確定不來一杯？」

「喝酒會變笨。」老師回答生活知識題，如同回答編劇問題：「研究顯示喝酒會阻斷海馬迴的神經再生，影響情緒和記憶力。有一項三十年的追蹤研究也證實了這件事，相較於幾乎不喝酒的人，有喝酒習慣的人，哪怕喝得不多，海馬迴都有更明顯的萎縮情況。」

「敬全世界最聰明的人。」乾完杯，老爸站起身，伸手去拍老師的肩：「願原力與你同在。走啦！」

老爸披風一甩，留了幾千塊在桌上，搖搖晃晃的走向店外。

「妳不跟著回去？」老師見我紋風不動。

「誰知道他要去哪？」我早習慣了老爸這模樣：「每次我開始熱中一些事，他就負責潑我冷水，搞得我心裡都是陰影。」

「這是他在乎妳的表現。」

「對啦，還大老遠從花蓮跑回來潑冷水，夠盡力了。」

「妳沒有想過，他爲什麼不支持妳嗎？」

「不就是覺得我沒天分嗎？」

「妳確定？」老師拿出他的手機，看來課程要結束了。

「難道不是嗎？他一直覺得我要像他做光劍那樣，找到一件自己真正擅長的事，然後全心投入做一輩子。**天知道，我會不會根本沒有擅長的事？**」雖然我說了大話，彷彿已經豁出去了，但其實心底還是隱隱擔心自己做不來。萬一我學到最後，花了很多時間，真的做不出成果呢？萬一老爸說中了呢？我會不會只是一時衝動呢？畢竟，老師也是個天才啊……

老師沒說話，只是將手機遞給我。我接過手機，上面是一篇關於老爸的訪談：「這什麼？」

「我之前覺得光劍鑄造師這個工作很有趣，所以做了一些調查，這是妳爸在一年多前接受的訪問，妳沒看過吧？」

「沒有……」彷彿逃避似的，我從很早之前就避免去看有關老爸的東西，反正一定也是像他平常吹噓的一樣，說他有多厲害，做的東西品質有多好。

但這篇採訪中，老爸談到他其實是從一團混亂開始的：沒有人在做一樣的東西，沒有地方學，他也不知道該從何開始。身旁的人都不支持，各種冷嘲熱諷，威脅利誘，就是希望他放棄研究「做玩具」。但他堅持下來了，省吃儉用，到處借錢，嘗試錯誤……他開玩笑說，他甚至有次餓到把自己做的光劍看成了香腸。

「我不懂……」我看著文章，上面說的彷彿是另一個人的故事：「如果老爸經歷過這些，為什麼還要這樣對我？」

「正是因為他經歷過這些，他才知道，光劍是他非完成不可的事。」老師露出一抹淺笑：「他等了一輩子，總算等到妳今晚說的那些話。」

**就算不擅長，就算沒有天分，就算全世界都反對，但是無論如何都不想放棄的事……**這才是老爸希望我找到的嗎？

臭老爸、笨老爸、豬頭老爸……努力受到肯定的淚水、憤怒不甘心的淚水、發現自己其實深深被愛的淚水，我今天真的哭太多次了。

「這便是**故事主旨的揭露**。」

「咦？」

## 角色布局

「高潮的設計，由主旨決定，而故事的鋪陳，是為了使高潮有最大的效果，這一連串的關聯，形成了故事的焦點。為了讓觀眾看清楚故事的焦點和主旨，通常在故事中，便會利用**對立的布局**來給觀眾線索。」

「你……你現在又是在後設嗎？」

「對啊，作者覺得這個地方正好適合切入這段教學。」

「一定要這樣打斷我的感動時刻嗎？你們這些不解風情的傢伙！」我眞想拿桌上的盤子砸作者，但這是不可能的，因此讓我更加不爽。

「我們正好延續上一章的內容，把角色設計的另一個區塊一併談完，也就是**角色布局**的問題。」

「OK，OK……」我拿出筆記本，乖乖回到上課模式。

「我們前面一路談了不少角色設計的課題，首先是**主角與主旨之間的關係**，主角本身是能夠展現主旨的符號，在安排上要和主旨有關；再來是主角與故事之間的關係，主角要有適合故事任務的部分，也要有不適合故事任務的部分，前者是爲了讓主角能主動扮演故事任務解決的關鍵人物，後者是爲了創造有力的衝突；我們也談到了**角色面向**，平面角色和立體角色，用矛盾增加角色的魅力，以及用**角色小傳**把所有的設定合理化、完整化，使角色更眞實，並且能定型。」老師做了一個快速的總複習：「現在，我們要談的是主角以外的角色設定，每個角色的布局，**角色與角色之間的關係**。以主角爲中心，我們要考量的是角色彼此之間的**功能性和相對性**。」

「功能性和相對性？」

「功能性指的是『我爲什麼要安排這個角色』和『這個角色對於故事而言，有什麼作用？』。在實務上，我們會習慣傾向以**更少的角色**，完成整個故事，除非不得已，不會放入太多人物。角色少有兩個好處，從故事面的考量會使結構顯得精簡、扎實，從製作面來考量，演員數量少，預算會比較低。」

「所以功能重複的角色，就會刪除？」

「是。我們有時會看到一部作品，有主角的媽媽，也有主角的老師，但他們其實功能完全重疊，都是爲了給主角溫暖、教主角一些重要的人生道理。在劇情許可的情況，我們就會把這兩個角色**合併**，把原本老師要教主角人生道理的這場戲移到家中，由媽媽來教，老師可能完全刪除，或是變成純粹的功能性角色。」

「**功能性角色？**」因爲功能性這個詞重複了，我有點混淆。

「就是類似說明病情的醫生、交代事情經過的警察之類，純粹是爲了劇情邏輯和資訊交代而存在的角色。這種角色常常連性格展現都沒有，比平面角色更單薄。如果這種角色要發揮的功能，像剛才說的說明病情，可以讓原本就有的角色來做，我們也會把功能性角色去除。」

「所以一般的戲劇角色的『功能性』是指什麼？」

「要看劇情需要，不一定。但有幾種功能是比較常見的，例如**反派**。」

「壞蛋嗎？」

「**反派不是壞蛋**，反派是主角追求想要過程中的**阻礙**，不能混爲一談。」

「爲什麼？阻礙不就是壞蛋？」

「以妳的狀況來說，妳的父親是妳成爲編劇的阻礙，但他是壞蛋嗎？」

「不是。雖然長得很像。」我明白老師的意思了，在故事帶來阻礙的人是故事中的反派，但這個反派也可能是個好人，不見得是壞人。但我隨即產生另一個疑問：「可是，我要成爲編劇的阻礙不只是我爸啊，我自己的自卑不也是阻礙嗎？所以我也是反派？」

「妳說的是**衝突的不同層次**。」

「衝突的……層次？」我記得衝突是想要加阻礙，但不記得衝突有什麼層次。

「依照阻礙的來源不同，衝突主要分成四個層次。**個人層次**，阻礙來自自己，可能是能力不足、沒有自信、錯誤的信念等；**人際層次**，阻礙來自其他人，這個層次比較複雜，依人際關係的不同，分成四個較小的層次，愛情、親情、友情、工作；**社會層次**，阻礙來自社會體制、價值觀、歧視偏見等；**自然層次**，阻礙來自於人以外的部分，例如壽命、疾病、天災、猛獸、靈異現象等。」

「爲什麼要區分不同的衝突層次？」我知道老師是分類狂，但我也知道他分類一定有理由。

「因爲一部電影通常需要**至少三個層次**的衝突，才不會顯得**單薄**。電影中反覆出現同一個層次的衝突，會帶來**重複感**，主角又和媽媽有衝突，又和爸爸有衝突，又和兒女有衝突，這樣的故事不好看。在電視劇中，這個概念限於一集之內，一集之內會有至少三個層次的衝突，會比較豐富。」

「原來故事單薄是這個意思，我一直以爲是故事篇幅的長，原來是層次差別。但這幾個衝突都和人有關，所以這些人都是反派？」

「我們當然也可能安排主角與夥伴之間意見不合，發生衝突，這裡討論反派採取的角度是以**整個故事**爲範圍。通常每個層次的衝突，都會形成一條故事線，每個故事會有自己的主線，還有其他層次的支線。我們會在每條線上安排各自的反派角色，階段性的阻礙，就是我們俗稱的**小反派**，而跨越後衝突就會解除，迎來結局的，就是俗稱的**大反派**。我們需要提供一個**明確的目標**，來讓觀眾知道主角到底是順利還是不順利，大多數時候，這個目標便是**打倒反派**。」

「有其他的目標嗎？」

「當然有，例如到達指定地點、得到指定的分數、取得指定的物品等，你會發現都是很具體明確的東西。像『變成熟』『不再迷惘』就是不具體的目標，如果妳的故事結局是這種，就必須把它轉換成具體的目標，例如以『取得某份工作』『得到某人認同』來代表『變成熟』。不過這些目標其實通常也會搭配『打倒反派』來實現，例如目標是『取得工作』，我們會安排一個工作的競爭對象，透過打敗它來取得工作，因爲反派本來就是達成目標的阻礙。」

「但阻礙不一定要是人，對吧？」

「當然，但以人當阻礙比較常見。因爲人與人之間可以對戲，會比較好看，也比較容易表演，所以你會發現，儘管是災難片也會安排反派，才不會從頭到尾都只是在躲避某種天災，顯得無趣。尤其是社會層次的衝突要特別留意，我們無法眞的與價值觀、體制衝突，我們只能對抗**代表人**。所以故事要與學校制度衝突，不是眞的對抗學校的建築物，而是對抗校長或主任，將他推翻，就代表勝利。有時代表人會和其他層次的衝突混合，例如種族歧視，這種歧視的代表人會同時是朋友或親人。」

「這樣在算一部戲的至少三種時，該算兩種還一種？」

「**混合算一種**。如果發生在兩個角色身上，算兩種。例如這故事主線在講主角的個人成長和愛情，支線是配角的愛情，雖然主角和配角都有愛情的衝突層次，但這樣總共也算有三種。重點是『重複會有重複感，所以要三種以上』，因此角色不同，自然就不算重複。」

我回頭檢查我寫的大綱：「所以像臭屁男的大綱，只有個人和愛情，就會顯得單薄。而暢銷編劇的大綱，有個人、親情和愛情，就比較豐富？」

「對，我之前寫的女教授，有個人、友情（農民）、社會（官兵），也有三個層次。越單薄的故事，長度就應該越短，所以臭屁男的故事還不足以作為電影故事。如果想補足，就需要支線，要多布局除了他與初戀之間，除了愛情以外的故事線，例如他與初戀家人，或是與初戀的現任男友。有發現我為什麼在談角色時會談層次問題？因為這些都和角色布局有關，家人與現任男友，可以是故事中的功能性角色，也可以成為支線中的主要角色。」

「反過來說，如果希望故事篇幅短一點，其實就應該減少衝突的層次，去除掉多的角色和故事線。」我越來越能掌握老師這種科學式的編劇方法了，感覺一切都在加法與減法之間。

「差不多是這種感覺，這就是為什麼有經驗的人光看大綱就能判斷故事的規模，他們不見得是真的去計算衝突層次，但他們能依直覺去感覺到差異。」

我看著筆記，試著消化剛才的內容：「主角追求目標，遇上阻礙，試著解決的過程就會形成故事線。不同層次的阻礙，因為必須分開解決，所以會形成不同的故事線，而與主旨最直接有關係、戲份最多的，就是主線，其他就算支線，這樣理解沒錯吧？」

老師點點頭：「配合我們之前提過的，要讓戲劇張力提升，就要放大想要和阻礙。反派就是阻礙，反派越強，阻礙越大。這也是為什麼業內常說，決定故事精彩程度的不是主角，而是反派。**反派越強，故事越精彩。**」

「可是『想要』是主角的啊。」

「這是另一種角色，叫**理由**。主角之所以沒有逃走，非與強大的反派對抗不可，是因爲有這個『理由』。」

## 角色功能的布局

「你是說，像是爲了救公主、救兒子、救媽媽嗎？」

「是的，公主、兒子、媽媽，就是這種『理由』功能的角色。另一種理由是追求的目標，像主角暗戀的男生。理由大多數的情況，都是平面角色。」

「爲什麼？這角色不是很重要嗎？」

「因爲『想要』要做得簡單易懂，『理由』有太多面向，反而會讓觀眾疑惑。以暗戀的男生爲例，這個男生最好就是典型的白馬王子，個性好、長相好、經濟條件好，如果他是個奮鬥青年，那就會是典型的奮鬥青年，刻苦耐勞、上進心強。如果是可憐病倒的媽媽，就會是典型的可憐媽媽。我們不需要花額外的戲份去塑造這角色的不同面向，反而應該加強作爲主角『理由』的那個面向。」

「和反派一樣，理由是人比較好對不對？因爲可以對戲。」

「是，而且**爲了別人而努力，比爲自己努力，給觀衆的感覺更好**。所以就算他的理由可能是保住飯碗，要加強這件事，我們通常會安排一個角色，例如長期就醫的女兒，來使他保住飯碗的理由更強烈。主角追求一個目標，目標本身是『理由』，阻礙是『反派』，而幫助主角達成目標的，就是『**夥伴**』。與反派相同的概念，**夥伴不見得要是好人**，哪怕他是變態殺人魔，只要是幫助主角達成目標的，都算夥伴。夥伴的重點是有特色，幫得上忙。」

「……怎麼覺得是廢話。」

「確實是廢話，但很常被忽略。很多人在設計夥伴時，都會安排得很重複，好像A夥伴和B夥伴和C夥伴都是同一個人，都有正義感，都很喜歡主角，都很聰明，都很厲害……如前面所說，重複的角色就應該被刪除。所以**夥伴必須不重複**，要替他們安排彼此不重複的特性，並且讓他們做得到一些只有他們才能做到的事，才會使他們有存在感。以《哈利波特》爲例，哈利、榮恩、妙麗三人就各自不重複，哈利和榮恩是男，妙麗是女；哈利和妙麗有錢，榮恩窮；哈利是孤兒，榮恩是大家族，妙麗是獨生女；哈利運動出色、妙麗功課好、榮恩什麼都不會；哈利衝動、榮恩懦弱、妙麗冷靜……發現了嗎？他們彼此之間在各個面向上都不重複。」

「就好像一個戰隊，每個人都應該有自己的特色和功能。」

「接下來講的一些角色，不見得每個故事都有，但很常見，它們也很常和上面三種角色混合。首先是**導師**，也就是**負責解說**、**教學**、**告訴主角如何達成『想要』甚至『需要』的角色**。導師的功能，除了解說，很多時候是用來『死』。」

「咦？」我以爲我聽錯了：「你說**死掉的死**？」

「對。很多故事中導師都會死，比較知名的像鄧不利多、甘道夫這類的典型導師，或是在故事中擔任解說功能的那個夥伴，妳會發現都很常在故事絕望的階段犧牲。」

「你這麼一說……」我想起《我只是個計程車司機》裡的大學生：「爲什麼會這樣？」

「因爲死亡是一種在故事中創造絕望的方便手法，但**如果死的人不夠重要，效果就不好**。而死的人太重要，例如男女主角，又會使故事結局有缺陷，不夠圓滿，這時戲份夠多、夠重要、夠使觀眾有感覺的……」

「就是導師。」我不禁感慨，當老師眞辛苦。

「另一種常見的角色，叫**倒戈者**，也就是變換陣營的人，夥伴變反派，或反派變夥伴，很多故事後期的大翻轉都是利用這種角色。『倒戈者』的設計，有兩個重點，第一個是要**夠重要**，所以通常會是主角最親近的那個夥伴或導師，壞人那方如果要變夥伴，因爲不能是大反派（一倒戈故事就結束了），所以通常是大反派的左右手，而且在故事前期扮演最主要的反派。」

「《星際大戰》裡的黑武士？」因爲老爸的關係，我馬上就直覺想到它。

「第二個重點，是**不要有預兆**。這是說故事順序的問題，『倒戈者』的存在，是爲了創造驚訝。很多人爲了觀眾接受度，會事先破梗或鋪陳，結果就使驚訝程度大減。正確的順序，是先倒戈，讓驚訝發生，再回頭去說明倒戈的原因，效果才會最好。」

「但如果是主角最親近的人或導師，爲什麼會無緣無故倒戈呢？如果不事先鋪陳，會不會這個補充就變得很困難？」

「這確實考驗到故事設計的功力。有一個最簡單的技巧，就是**不可分割的戰果**。」老師看我一臉困惑，繼續解說：「這就好像公司在草創期，創業夥伴可以有革命情感，生死與共，誰當頭都沒問題。等到創業成功，頭只有一個，這時大家就開始撕破臉了。很多後宮故事也是這樣，例如《甄嬛傳》，安常在原本是甄嬛的好姊妹，當兩人都受寵妃欺負時，可以患難與共，但安常在後來卻背叛了，因爲**皇帝是不可分割的戰果**，安常在希望皇帝愛她，但皇帝偏偏愛的是甄嬛。利用這樣的設計，**故事前期她們越是目標一致，後期的背叛反而變得越合理**。」

「人心眞是深奧啊……」

「學習從每個人的『想要』去看到整體的利害關係，其實在生活中就可以明白很多事情。最後一種角色功能的類型，是所謂的**伏筆**，伏筆比較常見的情況是道具，但有時也會是角色，就順便談一下伏筆的安排。」

有種要揭開大秘密的感覺，我調整了一下坐姿，蓄勢待發。

## 伏筆的設計

「首先，伏筆雖然**放在故事前面**，但很多時候，它可能是**最後才寫進劇本裡的**。」

「咦？」我不太明白老師在說什麼，什麼叫在故事的前面，卻是最後才寫？

「很多人都覺得編劇很厲害、很聰明，但其實編劇眞正比觀眾更厲害的原因，是因爲我們可以修改劇本。**劇本不是寫出來的，而是改出來的**。」

……

雖然老師好像說了什麼驚人的事，但我完全聽不懂。

「劇本不是寫出來的？」我重複。

「**劇本是改出來的**。」老師重複。

「有什麼差別？」

「很多創作者都抱著一個迷思，以爲『會寫故事的人』一定都下筆如神，寫出來的東西都很出色。回過頭看自己寫的東西，相較之下簡直慘不忍睹，就覺得自己沒用、沒有能力、沒才華，但這都是天大的誤解。」

「不然呢？這不是很正常的事嗎？」

「**海明威曾說：『初稿都是垃圾。』**身爲諾貝爾文學獎得主、二十世紀最知名的作家，他應該算是能力最強的創作者之一了，但儘管是他，也無法下筆如神，也和我們一樣，每次創作，都必須經歷**慘不忍睹的初稿**，經過一再的修改，才變成最終出色的作品。**劇本是不斷修改的成果**。」

「那……需要改多少次呢？」

「不知道。很多人以爲一個電影劇本就是三萬多字，好像很輕鬆就可以寫完。但事實上，爲了完成這三萬多字，整個過程包含企畫、大綱、角色小傳、分場到最後劇本初稿、二稿、三稿……實際上寫過的字數，可能是五到十倍，甚至二十倍。妳看過的每一部電視、電影，都可能是第十版甚至第十五版劇本，是被要求、要求再要求之後的成果。雖然有時修改是因爲現實因素或錯誤的決定，但這無法改變**修改是爲了更好**這個本質。很多新手編劇都不喜歡改劇本，但這也是爲什麼他們的作品一直不夠好。」

劇本是改出來的。任何人的初稿都只是粗糙的過程。我想起老爸打造光劍的過程，儘管他已經打造過上百把光劍，但每次要做一把新的光劍時，他都必須反覆研磨、調校，才能達到最佳效果。而這後續修正的過程，遠比他把雛型完成花上更久的時間。

老師彷彿有讀心術，也談起老爸：「任何挑戰過出色作品的人，都明白這個過程，而這個過程，是最無趣、最講究、最需要耐心、毅力與熱情的部分。妳父親眞正希望妳擁有的不是天賦，而是**堅持下去的心**。」

爲了避免眼淚再掉出來，我趕緊繼續課程的話題：「所以，伏筆和修改劇本有什麼關係？」

「在過去神學的時代，很多戲劇都在彰顯宗教的力量，所以主角在最終的絕望高潮時刻，編劇提供的解決之道，就是讓神明顯靈，化解一切難題。這種手法被稱爲**機械神**，或稱**天神解決法**，後來便被延伸，代表**沒有任何鋪陳的意外翻轉**。例如一個人在整部戲中都爲了貧窮所苦，但在他最絕望的時刻，突然中了一張樂透，解決了所有問題，這就是機械神。」❶

我想起小時候看過的中國民間故事，總是有媽祖或觀世音出來感念善男信女的善行功德。

「但反過來說，如果在機械神前面，加上**合理的鋪陳**，就會被認爲是出色的伏筆。所以透過修改劇本，編劇可以打造出各種不可思議，彷彿超高智商的人才能想得出來的劇情，但實際上，是充分研究和反覆修改的成果。」

「好作弊的感覺。」我不禁失笑。

「**合法的作弊，就被稱爲技巧**，放著技巧不用，叫傻子。我們編劇與觀眾的較量，永遠不會停止。在過去的作品中，英雄穿梭在槍林彈雨中，絕對不會中彈，觀眾知道了這種慣例，無論你安排再多人拿槍包圍主角，觀眾都不會替主角擔心。編劇便會利用這種慣例，讓主角眞的中彈倒地，使觀眾意外，再利用主角胸口的護身符來拯救主角，創造翻轉。但當這種設計被觀眾看過，觀眾便會成長進化，於是編劇又必須再領先觀眾一步，去挑戰其他的慣例，創造下一個意外。我們在編劇中常遇到的困境，便是當我們做出這一步時，**主角眞的完蛋了**，救不回來了，於是我們只好退縮，但結果又變成劇情缺乏意外。」

「所以你就**先創造機械神**，用牽強硬拗的方式來完成翻轉，**再回頭修改劇本，留下伏筆**？」這個人居然作弊作得如此心安理得。

「觀眾永遠不知道，也根本不在乎，你是怎麼創造出驚喜的。不要老是想著正面對決，那代表妳只在乎妳自己。當妳願意爲觀眾、爲作品負責時，妳只會在乎作品最後的成果，而不是中間的過程。」老師的辯解倒是理直氣壯：「但我們回頭修改的鋪陳，該如何安排，才藏得巧妙，不會露餡？有兩個重點：

「第一是**位置**。**伏筆要離實際派上用場的位置夠遠**，觀眾才有時間忘記它。可以放心的是，任何出現在畫面中的東西，觀眾幾乎都會有印象，就算沒有印象，也可以透過適度的回顧畫面來勾起印象，所以伏筆的理想位置是**越早越好**，通常都在**第一幕**。

「第二是**方式**。有種伏筆的藏法比較糟，是**隱瞞**。故意不把事情說清楚，讓觀眾搞不清楚狀況，到後面才說明白，這種手法無法引起懸念，反而容易讓觀眾產生困擾，失去耐心。比較理想的伏筆安排，是**誤導**。我們不但沒有把重要資訊藏起來，反而大膽的露給觀眾看，但同時配合著誤導的資訊，讓觀眾以為**這個東西是別的功能**。」

「**隱瞞**我懂，我每次看到那種故弄玄虛不把事情說清楚的段落，就很想快轉。」我附和：「但**誤導**有點玄，不太知道實際該怎麼做。」

「最常見的誤導手法有四種，**配合主戲**、**錯誤氛圍**、**事後延伸**和**做成象徵**。**配合主戲**不把伏筆單獨交代，而是與主戲合併在一起**趁機交代**，例如像《我和我的冠軍女兒》，最後結局要提醒女兒必須靠自己努力的回憶畫面，就是被放在開頭父親對女兒一連串的嚴格訓練中，觀眾只會看到『訓練』這個主戲，不會想到後面還會派上用場。有些『裝沒事』的伏筆埋法，例如在告別戲中，兩個角色擁抱，但其實其中一人偷偷放了竊聽器在另一人身上，也是屬於**配合主戲**的概念；**錯誤氛圍**是指讓好事看起來像壞事、開心的事看起來像可怕的事，例如角色是要給主角生日驚喜，卻故意事先讓觀眾看到他和主角暗戀的對象舉止親密的在說悄悄話，這就是一種刻意安排的誤導；**事後延伸**是**隱瞞**的正確用法，我們先讓場景看起來是主角輸了，**事後**才延伸這個場景，告訴我們原來**當時的場景沒被交代到的**

**部分**，而這個部分使整個場景的意義顛倒過來，主角那時其實贏了（等於是利用隱瞞來達到誤導的效果）；**做成象徵**的意思，把關鍵的翻轉道具，利用象徵手法，讓觀眾忽略它可能產生的功能。」

## 象徵的設計

「什麼是象徵？」太高級的字我一概不明白。

「戲劇中最重要的東西，常常是看不見的，親情看不見、友情看不見、青春看不見、殘酷看不見……為了讓這個看不見的東西可以**被看見**，甚至**被表演**，戲劇中很常使用象徵的手法。例如，我們要表現主角後悔他把青春都浪費在讀書上，妳會怎麼做？」

「呃……讓他和父母吵架，怪他們小時候都只會逼他念書？」

「這是很常見的方式，讓主角『說』。但『說』有三個壞處，第一是**很花時間**，第二是**畫面不好看**，**缺乏表演**，第三是**太直接**，**觀眾不容易感動**。」

老師講了三個理由，但我都不太理解。

「我用實際的例子讓妳比較，妳可能比較能懂差別。我會安排主角把掛滿房間的獎狀拿下來，一一砸碎，然後將裡面的獎狀一一撕毀，甚至燒掉，他盯著焚燒的獎狀，默默的流淚。」

老師一邊說，我的腦子一面浮現畫面。確實，相較之下，與父母吵架更花時間，畫面也比較單調無聊，而且情緒好像反而還比較弱。

「相較於**直接告知**的內容，**自己想到**的內容會有更強的情緒力道。這個概念非常重要，也是爲什麼**有『潛台詞』的對白和表演**比沒有的更好，這部分我們之後有機會講對白和動作設計時再解釋。用『說』的來表現主角有多後悔，比不上主角用『演』的所傳達的力道。利用象徵，就能把說的內容轉變成演的，在這個例子中，獎狀就是青春時期只會讀書的象徵。」

「獎狀是青春時期……」我把這個象徵抄下來。

「象徵和符號不一樣，不是這樣一個對一個。」老師阻止我：「符號的意義是廣泛性的，妳也可以說是規定的或約定俗成的，例如數學符號加減乘除或化學符號。有時生活中普遍的經驗，也會形成符號的意義，像十字架代表宗教、菜刀代表廚師或屠夫、槍代表暴力等。符號本身的意義，通常是可以跨文本，也就是跨作品的，但**象徵是在作品中被建立出來的**。舉個例子，我原本成績很差，老師派了一個成績很好的女生教我功課，在她的幫助下，我第一次考到前三名，拿到了獎狀。我也因爲日久生情，喜歡上這個女生，但在那之後，她就移民去國外了。看著那張掛在牆上的獎狀，我常常想起她。請問，在這例子中，如果我把獎狀取下來燒掉，還代表我後悔青春只會讀書嗎？」

「不是……應該是女生背叛了他、惹他生氣之類的。」

「對，獎狀變成了女生，或是他對女生的情感、回憶的象徵。象徵的建立其實就是安排產生聯想、給予意義的戲份，任何東西都可以做成象徵，物品、動作甚至地點都可以，只要是能視覺化的東西，幾乎都能做成象徵。符號有點像生活經驗形成的象徵，但因爲每個人的生活都有類似的經驗和理解，所以符號可以跨作品，但不同的東西在不同的作品中，可能象徵著不一樣的意義。當然，符號也可以拿來做象徵，就可以省去建立的戲份，例如父親送我的東西是父親的象徵，但如果他送的是菜刀，父親又剛好是廚師，這東西就同時有父親、家業的象徵。簡單區分，符號、意象是利用觀眾現實的生活經驗來豐富作品，象徵則是在作品內部利用情節安排來增加、改變物品的意義。」

「所以**做成象徵**，就是把伏筆利用象徵手法包裝，誤導觀眾它的功能？」

「就是這個概念。觀眾對於畫面中出現的東西都很敏感，只要有出現，就會覺得它有功能。象徵手法就是使觀眾**誤以爲**這個道具的**功能就是象徵**，藉此隱藏它眞正的功能。《刺激１９９５》電影中的美女海報，就是這樣的手法，在整部片的進行中，美女海報被做成兩個主角之間友情的象徵，一直大剌剌的放在觀眾面前，一再出現，直到最後我們才驚覺那個海報眞正的功能，因此創造出了驚人的翻轉。相同的概念，如果我們回頭修改剛才窮人中樂透的機械神，假設這個故事的主旨與父愛有關，那我們就在前面放上主角有一個表面糟糕、實際上很愛他的父親，明明家裡都沒錢了，還整天做著樂透的發財夢。父親過世後，諷刺的只留下一張樂透，什麼都沒留下，主角嗤之以鼻，將它撕毀，丟進垃圾桶中，然後開始了他在故事中的冒險。」

「天啊，是伏筆，原來這麼簡單。」在這個示範中，我算是了解了什麼叫先硬做出機械神，再用回頭修改出伏筆。

「那是因爲故事很模糊，所以覺得概念很簡單。編劇的技巧很多時候說來都簡單，但實際執行上，因爲要配合故事的邏輯、角色設定、主旨等，要找到正確的細節，還是會有挑戰。熟練的創作者還是會爲了故事而苦惱，只是他們有比較多的觀念、技巧、經驗，知道解決問題的方向，我們的學習，就是爲了補足和熟練者之間的差異。以上大約就是角色功能性的部分，我們接下來談談**相對性**。」

我楞了一下，意會過來，對耶，我們本來是在講角色布局的，結果講了伏筆講了象徵講了超多東西的……眞多虧老師還記得我們在講什麼。我同時也意識到，之所以會延伸講這麼多東西，或許就是因爲這些事情彼此環環相扣，並沒有辦法完全清楚的切割。我看了一下錶，時間已經接近十二點了，文青在旁邊呼呼大睡，今天的課因爲父親的出現，意外的漫長。

雖然只是瞄了一眼，老師還是注意到我的動作：「要休息了嗎？」

我搖頭，雖然時間晚了，熱炒店熱鬧依舊，我一點也不睏，反而有種暖暖的幸福感，有什麼一直以來隱隱罩著我的東西，正漸漸的散去：「繼續吧。」

## 主旨揭露的布局

老師又點了一些炸物、肥腸和魚蛋沙拉當宵夜，然後回到了課程：「從傳遞主旨的角度來看，戲劇其實是一個**說服的過程**。藉由讓主角扮演正確的答案，不斷向錯誤的答案發起挑戰，最終獲得勝利，來證明主旨是正確的。所以戲劇在很多時候，都是**二元對立的**：正義與邪惡，理性與感性，智慧與暴力，階級與平等……這便是**相對性**。當我們要定義一件事時，同時展現正反兩面，是最明確的作法，而我們的角色布局，便是參考這個相對性來進行。」

「就像愛情與麵包？」

「對。愛情故事所談的愛情主題，都會與某個愛情的反面有關，現實、年齡、種族、階級等。透過愛來超越這些反面，來表現愛的偉大與正確性。如果更深入一點，可能談的會是『愛是什麼』，那相對的可能會是付出與接受、熱情與了解、改變與包容等。與衝突層次一樣，一部片中的相對性越豐富，故事就越厚實，相對性越少，就顯得越單薄。在一部電影長片中，通常都會有至少兩組相對性的存在。」

「兩組……但是像愛情與麵包這樣的主題，另一個相對性在哪？」我覺得有點複雜。

「富有與貧窮就是常見的另一組相對。」老師拿了一張紙，畫了一個表格：「女主角窮，一心想嫁豪門，最後發現愛情才是重要的；代表愛情的男主角也窮，而且也相信麵包重要，所以雖然喜歡女主角，卻願意幫助女主角追求麵包；而代表麵包的男二有錢，但卻相信愛情，因此當他發現女主角其實眞正愛的是男主角時，他願意相讓，甚至勸女主角回頭去追回男主角，這是很典型的故事與布局。

「在這布局當中，女二可能落在不同的位置，可能一樣是窮人，但相信愛情，她暗戀男主角，但因爲知道男主角喜歡女主角，所以默默支持他；也可能是有錢人，相信愛情，喜歡男主角，因此樂於幫忙女主角和男二在一起，好斬斷男主角對女主角的感情，他們可以最後眞的在一起，但女二發現男主角卻不快樂，於是最後願意放男主角自由，將促成他與女主角在一起；她也可能是個相信麵包的有錢人，覺得女主角配不

| | 相信愛情 | 相信麵包 |
|---|---|---|
| 貧窮 | （女二） | 男主角、女主角 |
| 富有 | 男二、（女二） | （女二） |

上男二，百般阻撓，自己卻喜歡上男二，自打嘴巴，不肯承認。這些都只是可能性，但妳看，光是更動角色布局，是不是故事就變得不同了？」

「而且好像布局和劇情可以有不同的可能性。我剛才看到女二相信麵包時，直覺她應該會喜歡有錢的男二，但好像就比較老套一點。」

「這個倒是沒有好壞，還是要回到故事本身來檢查。角色布局只是爲了讓我們更清楚來傳達主旨，不會偏題。最後我們就透過主角最後的下場來表現主旨：相信愛情的，最後獲得了幸福；相信麵包的，最後沒有好結果，或轉爲相信愛情了。觀眾便會從中讀到『愛情眞偉大』『相信愛情才是眞理』的主旨。」

「但剛才的例子中，相信愛情的男二或女二，沒有得到幸福啊。」

「一般來說，最重要的是主角，其他角色則會因爲編劇的不同考量和喜好來安排，有些編劇喜歡百分之百符合主旨，有些編劇反而刻意不要做成百分之百符合主旨，以免顯得太明顯太刻意。我以《金牌特務》這部片爲例，這部片的經典台詞是『品格成就一個人（Manners Maketh Man）』，這是故事的主要意旨，但光有台詞不夠，我們可以從角色布局和劇情中，找到佐證。

「其他角色沒有特別對這些相對性做表態，你會發現相信出身的權貴們，都沒有好下場，而相信品格的人，都是主角的夥伴。而主角也從相信出身轉爲相信品格，而且主角最終也確實改變了，證明了『品格成就一個人』這個論點。導師哈利雖然死了，但打敗他的大反派最後又被主角打敗，因此不影響主旨。」

「所以我們其實在看影片時，也可以透過找到影片中的相對性，和角色最後的情節，來分析故事的主旨？」

「是的。要留意的是，相對性不一定是誰打敗了誰，也可能是**和解**。例如《穿著 Prada 的惡魔》，有『平凡與時尚』和『工作與私人』這兩組相對性，但最後這兩組相對性取得了平衡，沒有誰對誰錯，因為它的故事主旨確實沒有站在任何一邊。」

「所以角色相對性，一定和主旨有關嗎？」

「不一定。我們可以替角色安排與主旨無關的相對性，例如冷酷與潑辣、傻氣與精明……這些相對性雖然與主旨無關，但會使角色形象相互映襯，變得更鮮明。所以妳會發現，大多數時候，**主角**和**反派**不僅只有角色布局上相對，他們的性格特質、身分常常也是相對的。」

「那觀眾怎麼知道哪個相對性才是主旨？」

| | 出身平凡 | 出身權貴 |
|---|---|---|
| 相信出身 | 主角伊格西 | 大反派范倫坦<br>亞瑟、查理 |
| 相信品格 | （結局時的伊格西） | 導師哈利、蘿西 |

「編劇會安排相對應的場景，去提醒觀眾焦點在哪裡。這就是我在一開始說的，**這便是故事主旨的揭露**。」

天啊，我們居然回到最開始的話題了，老師的腦中有自動導航系統嗎？

「在電影故事中，編劇會在**第一幕**安排一個或多個場景，去點出故事中的**相對性在哪裡**，好讓觀眾留意到一些明顯的議題，並且在故事進行的過程中，意識到這些議題**反覆出現**，使他們最後可以總結出故事的主旨。」

「所以才華到底重不重要，就是故事中的相對性？」

「我們通常**不會使用否定句**來做相對性。『貪婪是不好的』和『才華不重要』這樣的主旨，會使主角變得**被動**，或是**寫出悲劇結局**。因為你不知道『什麼是好的』，所以主角無法採取對的行動，或是主角會採取錯的行動然後被懲罰。所以『才華重不重要』，我們需要把它轉換成另一個議題，也就是**相信才華**與**相信學習**。一本教編劇的書，如果相信才華，就沒什麼好教的了，所以這本書的主旨，當然是相信學習。但因為才華這個迷思實在太多人有了，因此把這個相對性轉變成『才華重不重要』來討論。這個故事的角色布局也很簡單，像這個表。」

我看著這個布局，理解了如**何從主旨來規畫角色布局**，還有老師提到的主旨揭露，也了解了什麼叫「與主旨無關的角色相對性」，我與老師的性格雖然相對，但和整個故事的主旨是無關的，無論傻氣或理智、活潑或冷靜，願不願意相信學習才是重要。

但我看著這個角色布局圖，隱隱覺得哪裡不對勁。如果作爲「相信才華的經驗者」這個格子裡的老爸是僞裝的，那這個格子裡實際上會是誰？而這個故事中，是不是其實還隱藏著一個作爲大反派的角色？

「角色布局中，四個格子都會塡滿嗎？」

「不一定，看妳故事的需要。」

「所以不見得會有相信才華的經驗者嗎……」老師的回答，似乎在說我的不安是多慮。

文青不知什麼時候醒來的，突然搭話：「爲什麼我沒有在上面？」

「因爲你不是主要角色。」老師直接明瞭，秒殺了文青：「你是所謂的**甘草人物**，和功能性角色有點相近，但你主要的功能，是用來增加笑料。」

「所以我的人生，只是一場笑話嗎……」文青理解到自己的宿命，大受打擊。

在打鬧之中，這堂直到深夜的編劇課終於走到了尾聲，但不知爲

| | 相信才華 | 相信學習 |
|---|---|---|
| 年輕人 | 詠琪（我） | （未來的詠琪） |
| 經驗者 | 老爸（偽裝） | 高明、老爸（實際上） |

何，我心中的不安沒有因文青的笑鬧而消去，卻反而漸漸的擴大……

注❶：機械神：因在舞台上扮演神明，常需要上升下降的機械機關，因此被稱爲「機械神」。

# 第六章

# 電影不都這樣演嗎？

## W型結構

時間過得很快，熱炒店的編劇課一轉眼又過了三個多月。在直到深夜的那堂課之後，文青爲了培訓新到職的工程師，以及處理公司新開的專案，忙得昏天暗地，別說參加編劇課，就連平時在公司和我打屁的時間都少了。

我也開始在每週不斷的作業之中，嘗到了編劇的修改地獄滋味。除了反覆被要求利用拼貼的方式寫出故事大綱，並且依W型結構完成三千字左右的大綱，我也被要求去分析院線作品，寫出劇情大綱、結構分析和角色布局。雖然我在第一個月就寫出了兩個簡要的大綱，但直到現在，我都還沒有眞正進入劇本階段。

儘管如此，我對於目前充實的學徒生活，感到相當滿意。這種一步一步，有事情讓自己專心去努力的感覺，讓人覺得生命有在確實的前進著。

當我正如往常，利用午休時間趕工我的預告片接續練習時，突然一陣熟悉又欠扁的歌聲，打斷了我的思緒。

「我們都需要詠琪，來面對流言蜚語……」文青久違的來到我的座位旁，從高中開始，他就喜歡唱這首《勇氣》來嘲笑我。

「走開，不要吵我。」

「不要這麼冷淡嘛，我們很久沒聊天了。」他把辦公椅滑到我的身邊，就是個屁孩：「業主驗收沒問題，我提早收工耶。」

「我正在寫作業。」我的注意力留在螢幕上，伸腳踢開他的椅子，他呼嚕呼嚕的滑開。

「寫什麼作業？」三步併作兩步，他又滑回來。

「接寫預告片。」我再踢開他。

「那是什麼？」他又滑回來。

我轉頭瞪他：「……走開。」

「……小氣。」文青自討沒趣，默默滑開：「那我自己讀筆記。」

「你沒上課哪有什麼筆記……」我原本正為趕走這個麻煩精開心，卻突然意識到不妙，伸手一摸，果然我包裡的筆記本不翼而飛：「把我的筆記還來！」

我們在辦公室展開了一場追逐戰，沒幾分鐘我就意識到我的午休時間這樣下去……不，從他來找我的那一刻就註定沒了。

我只好投降：「好啦我教你，你筆記還我。」

文青詭計得逞，得意的晃著筆記：「這麼在意，裡面是寫了什麼見不得人的秘密嗎？啊我知道，一定寫滿了對老師的愛慕心情，電影不都這樣演嗎？隨著時間過去，兩人的距離漸漸拉近……」

「拉你個大頭鬼。」我一把搶回筆記：「我只講我記得的喔，你不准問題一堆機機歪歪的。」

文青行了個禮：「Yes Sir!」

這個死小孩……我們回到電腦前，我將我作業用的表格開給他看：「這是**W型結構**用的**大綱結構表**，把這張表填完，故事大綱就差不多完成了。」

「就是主流電影故事常見的結構，老師要求我每個故事都要照著這個結構寫。」

「果然是工廠生產流程啊那個老師，這結構有什麼特別的嗎？」

「呃……好像**幾乎所有的熱門作品**，**都是這個結構**。」

「眞的假的？」文青不相信，我懂，因爲我一開始也不信。

<table>
<tr><td colspan="9">片名：</td></tr>
<tr><td rowspan="2">主角<br>外在<br>問題</td><td colspan="6">外部事件：</td><td rowspan="2">想要：</td><td rowspan="4">故事<br>主旨：</td></tr>
<tr><td rowspan="2">原來<br>世界：</td><td>立即<br>困境：</td><td rowspan="2">支線：</td><td rowspan="2">收獲<br>戰果：</td><td>潛仕<br>問題：</td><td rowspan="2">最終<br>挑戰：</td></tr>
<tr><td rowspan="2">主角<br>內在<br>缺陷</td><td>單一<br>任務：</td><td>失去<br>一切：</td><td rowspan="2">需要：</td></tr>
<tr><td colspan="6">內部事件：</td></tr>
</table>

「我已經挑戰過了，我給你看一些作業好了。」我打開其他檔案，是之前照著W型結構寫的簡易分析版作業。

「哇……兒童片、溫馨職場片、劇情片……三種不同類型的片都一樣的走向，好像眞的有那麼一回事。」文青嘖嘖稱奇：「這個向上和向下是怎麼區分的？好像和之前看到的故事曲線不一樣。」

「故事曲線直的地方是情緒，W型直的地方是**角色狀態**。」我開了另一個電腦檔，是老師寄給我的，上課時他畫在盤子上，下課後很貼心的居然給了我電子檔，讓我受寵若驚。

「太多線了啦，」文青一下眼花撩亂：「一個一個來。故事曲線上這些Act123 和虛線是什麼東西？」

**《可可夜總會》**

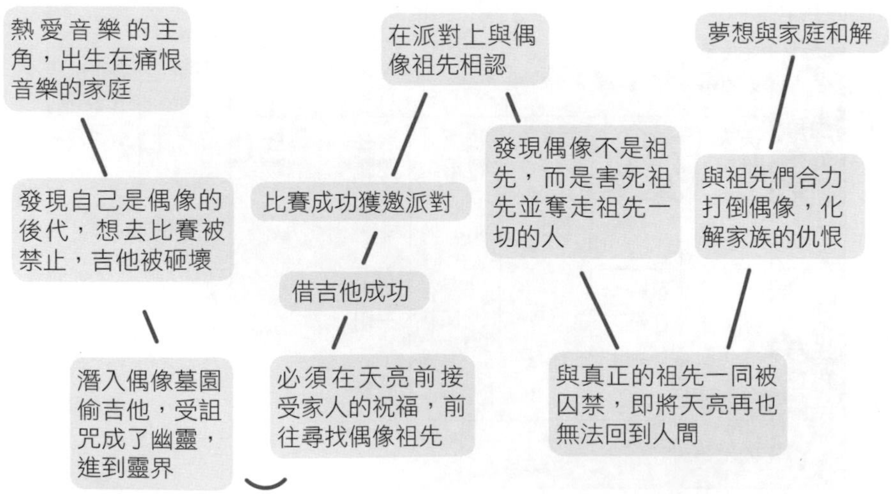
熱愛音樂的主角，出生在痛恨音樂的家庭
發現自己是偶像的後代，想去比賽被禁止，吉他被砸壞
潛入偶像墓園偷吉他，受詛咒成了幽靈，進到靈界
必須在天亮前接受家人的祝福，前往尋找偶像祖先
借吉他成功
比賽成功獲邀派對
在派對上與偶像祖先相認
發現偶像不是祖先，而是害死祖先並奪走祖先一切的人
與真正的祖先一同被囚禁，即將天亮再也無法回到人間
與祖先們合力打倒偶像，化解家族的仇恨
夢想與家庭和解

## 《高年級實習生》

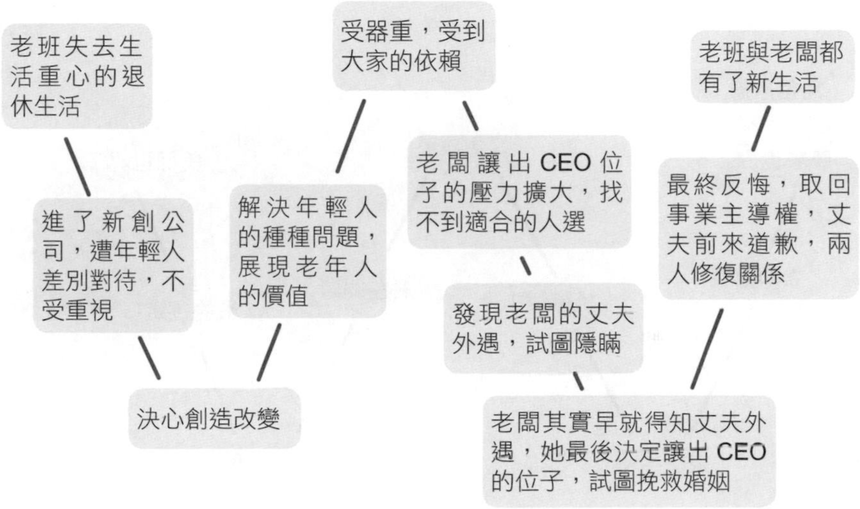
老班失去生活重心的退休生活
進了新創公司，遭年輕人差別對待，不受重視
決心創造改變
解決年輕人的種種問題，展現老年人的價值
受器重，受到大家的依賴
老闆讓出 CEO 位子的壓力擴大，找不到適合的人選
發現老闆的丈夫外遇，試圖隱瞞
老闆其實早就得知丈夫外遇，她最後決定讓出 CEO 的位子，試圖挽救婚姻
最終反悔，取回事業主導權，丈夫前來道歉，兩人修復關係
老班與老闆都有了新生活

## 《刺激 1995》

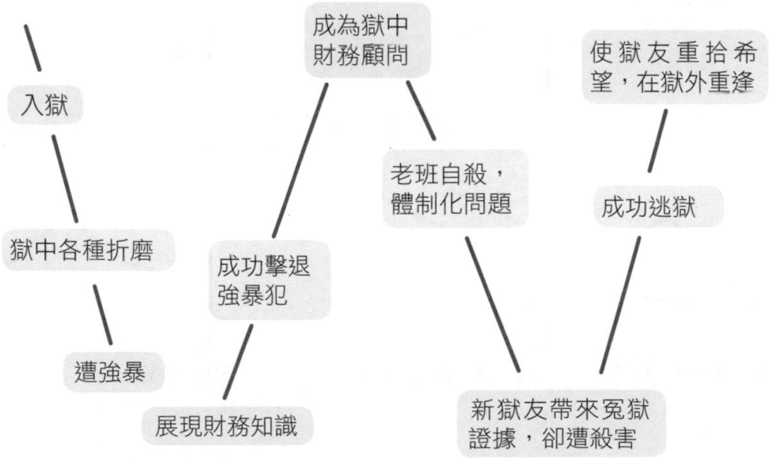
入獄
獄中各種折磨
遭強暴
展現財務知識
成功擊退強暴犯
成為獄中財務顧問
老班自殺，體制化問題
新獄友帶來冤獄證據，卻遭殺害
成功逃獄
使獄友重拾希望，在獄外重逢

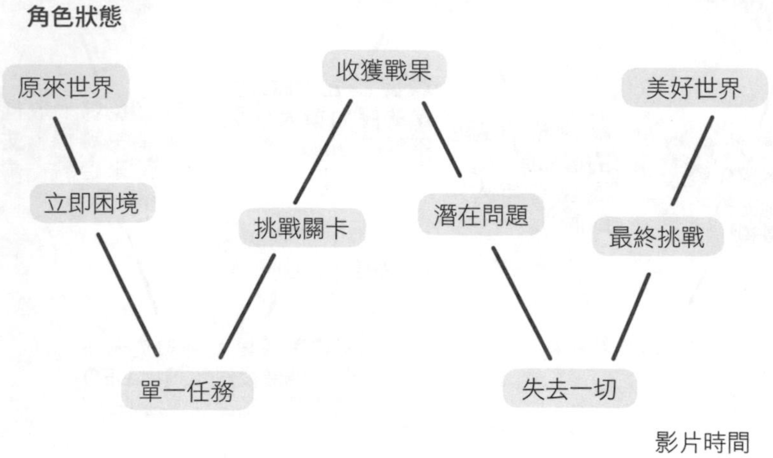
角色狀態
原來世界
立即困境
單一任務
挑戰關卡
收獲戰果
潛在問題
失去一切
最終挑戰
美好世界
影片時間

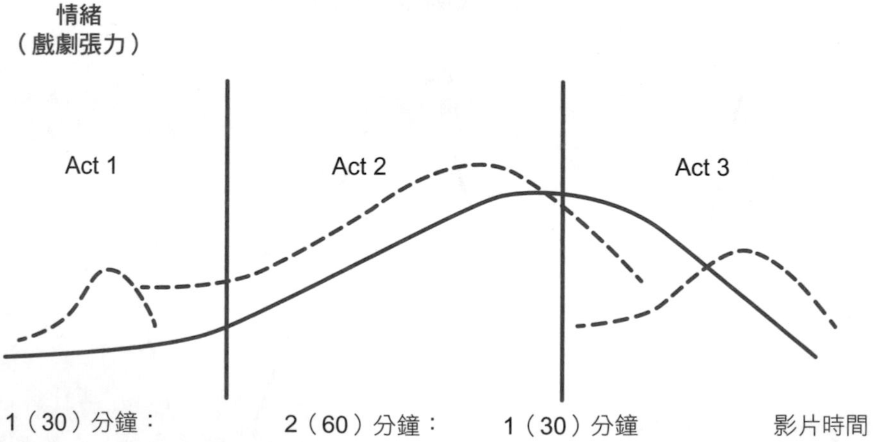
情緒
（戲劇張力）
Act 1
Act 2
Act 3
1（30）分鐘：
2（60）分鐘：
1（30）分鐘
影片時間

「Act是『幕』的意思，第一幕、第二幕、第三幕，就是傳統的三幕劇。我覺得滿有趣的，因爲直接翻譯是『動作一』『動作二』『動作三』，和中文對『幕』的理解不一樣，但反而更接近眞正的意義。」

「什麼眞正的意義？」

「感覺有點像角色**在面對不同狀況下採取了三個大的行動**，第一幕是故事的**啓動點**嘛，角色生活平衡被打破，採取了第一個行動，接下來是形成**單一任務**，進到第二幕，採取第二個行動。但在戰果與代價之後，面對第三幕的**最終挑戰**，採取了第三個行動，應該也可以理解成三個大事件？」我自顧自的品味著圖形的含意，文青用一種不可思議的眼光看著我。

「妳到底吃了多少高明的口水？」

我白了他一眼：「總之，這圖的意思是一部電影一百二十分鐘，是一個大故事曲線，三幕的時間分割大約1：2：1，也就是三十分鐘、六十分鐘、三十分鐘。虛線的意思是說，這三幕又可以各自分成較小的故事曲線，切成更小的鋪陳、放大和翻轉。」

「那爲什麼有重疊？」文青指著虛線交接的部分。

「一個故事曲線完全走完，代表衝突解除了，戲結束了，情緒歸零了，如果每次都走完再重新鋪陳，就沒有一氣呵成的感覺。老師那個時候是用我的暢銷編劇大綱舉例，第一幕可能是在交代主角她的家庭情況、工作狀態與男朋友的關係，她在第一幕吃足了苦頭，終於決定反抗。我如果讓她決定反抗，結束。然後第二幕再重新鋪陳，開始想怎麼反抗，得到靈感，兩幕之間就是斷的。那還不如讓她決定反抗時就已經有想法，馬上開始準備計畫，感覺才會連貫。」

「有點道理。」文青研究著圖：「但這樣一部戲才三個轉折，不會太少嗎？」

「當然太少，老師說其實我們還可以再分割下去，三幕，再三幕，再三幕……一路最小到一**個場景都可以做一個三幕**，一條曲線。」

「那整部戲不就有快一百條故事曲線？」文青傻眼。

「我當時其實也傻眼，但老師要我先不管，先熟悉W結構。」

文青也不追究：「好吧，那我們來講W結構，角色狀態是指什麼？」

「就是**主角接近他的目標的程度**，狀態越好，代表他越接近目標、越受肯定、情況越來越理想，反過來說，就是困境越來越擴大，處境越來越艱難。」

「所以W型是**以快樂結局為前提**？」

「老師說了，他不教**所有劇本**的寫法，只教**受較多人歡迎的作品的生產方法**。」

「嘖，市儈的傢伙。」文青一向不愛這個口味：「劇本哪有這麼無趣，就只有變糟、變好、變糟這種走向。」

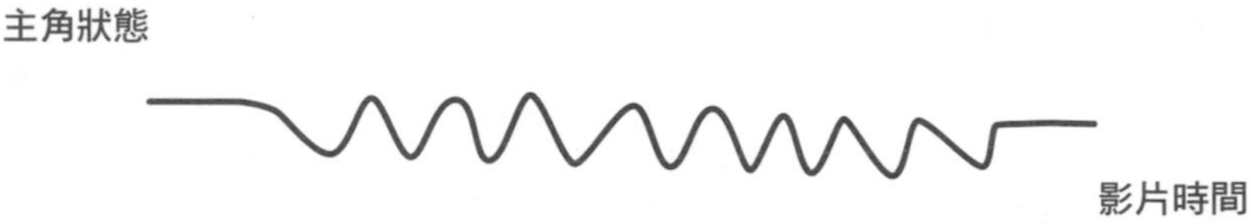


「不是喔，這只是大方向如此，整體其實是有波折的。」我拿了一張便條紙，在上面畫線：「因爲戲劇要有轉折，如果一下變好一下變壞，就會變成這樣。」（上圖）

「你看，雖然轉折很多，但整體看起來卻很平。我之前有幾次作業就寫成這樣，很認眞安排衝突，讓故事看起來一直有事發生，好像劇情在推進，但其實主角並沒有眞的因爲解決了很多次危機，狀態就變得更好或更差。整個故事常常會變成流水帳，感覺主角不斷的危機、解決、危機、解決……到後來變得很呆板，很重複。」」我撕到下張便條紙，又畫了另一條線：「如果要使變化明顯，就要往一個方向發展，像這樣。」（下圖）

「這不就是我之前說的，小Boss中Boss大Boss一路打上去的方式？」文青想起了之前熱炒店的課。

「沒錯，雖然主角狀態有一直提升，但因爲過程一路順利，給人太過理所當然、整體缺

乏轉折的感覺。」

「所以依照之前講過的故事曲線，應該要這樣？」文青用筆在我畫的線段前面加上一段：「這樣就有一個劇情的大轉折，同時中間也有小的轉折，應該沒問題了吧？」（下圖）

「這個結構如果是在**三到五分鐘的短劇或連續劇**裡，或許行得通，但放在電影裡，不夠漂亮。」

「爲什麼？」

「我們進場看電影，看到主角從開頭就一路面對各種困境，情況越來越糟，你覺得故事接下來會發生什麼事？」

「當然是主角開始翻盤，一路邁向最終結局……啊。」文青抓到點了。

「這個V型的模式，會**完全符合觀眾的預期**，缺乏意外性，所以放在電影之中，就會產生一種**完全被猜中**的感覺。如果放在連續劇裡，因爲一集的結尾不

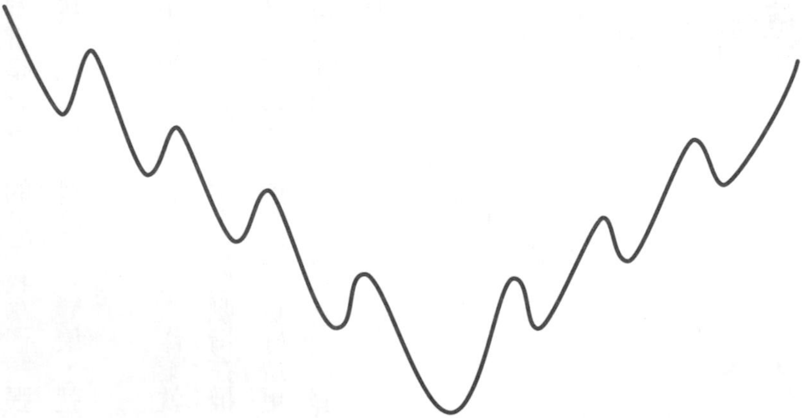

見得是好的，所以懸念會比較強，但如果是每集都有明顯結尾的影集，還是會有類似電影的問題，所以也會比較建議W型的結構。」

「那為什麼三到五分鐘可以？」

「因為太短了，在這種篇幅能做一個轉折，觀眾就可以滿足了。」我當時也問了一樣的問題，於是照搬老師的答案：「想在三到五分鐘內做到W，難度很高。」

「好吧，勉強接受。」文青搓著下巴，指回一開始的圖：「所以這個上面這個故事曲線，和下面這個W，是互相對照的嗎？」

「對，第一幕和第二幕的交接，大約是**第一個低谷後面一些**，而第二幕與第三幕的交接，大約是**第二個低谷後面一些**。第二幕的**中點**，則是W中間的**高峰**。這個也只是一個大略的基準，不是一定會這樣，要看故事本身的情況。」

「好，那妳解釋一下W上的各個標示吧，從**原來世界**開始。」文青倒回他的辦公椅上，蹺起二郎腿指揮著，讓人超想巴他的頭。

## 故事的上半場

「**原來世界**就是故事啓動點**之前**，主角**原本日復一日的生活**，他可能滿意自己的生活，可能不滿意，但他就像我們多數人一樣，忍受著這個不滿意過日子，想改變，但沒有機會、沒有勇氣、沒有動力去改變。像《可可夜總會》，主角熱愛音樂，卻出生在一個痛恨音樂的家庭裡，他長期停留在這個狀態之中。我們通常從這個原本世界，就可以隱約看出結局的**美好世界**是什麼樣子。」

「他最後會克服萬難，實現音樂夢想。」文青拍著椅子的扶手搶答，以為自己在參加《百萬小學堂》。

我模仿老師，一臉面癱的回應他：「這是**單純成長**的路線，同時他面對著與家庭的不和，所以通常可能還會再加上**和解**的路線，這是最常見的兩種角色歷程的變化。」

「這個我知道。」文青再次搶答：「共有四種變化，第一種是**成長**，角色的狀態有提升，沒自信變有自信、自私變不自私、膽小變勇敢、不懂愛變懂得愛等；第二種是**和解**，不良人際關係的解決，仇人變朋友、疏遠變親密等；第三種是**尋回**，原本有的，因為一些原因消失了，後來重新找了回來，例如找回失蹤的親人、找回生命的意義等；第四種是**失落**，指反向的成長，角色在故事中成長的東西，是類似世故、現實的殘酷、算計別人的能力等，從傳統價值觀來看，不算美德的東西，這種變化比較少見，是屬於主旨比較殘酷陰鬱的類型。」

「為……為什麼你知道得這麼清楚？」我大吃一驚。

「因爲那天妳突然玻璃心碎淚奔回家，留我一個人和高明在店裡……」文青喚起了我的記憶，啊，尷尬死了。

「你們……你們後來還繼續上課啊？」我感覺自己的臉在發燙。

「妳才知道那個高明有多不甘寂寞，」文青一臉壞笑：「妳知道他當時說什麼嗎？他先是愣在原地，然後問我說：『我還沒說完，你想繼續聽嗎？』」

文青模仿老師的表情語氣，逗得我不禁失笑。

三個月下來，我也發現老師雖然表面上看起來冷冰冰的，但其實心裡是個熱血的人，態度雖然無情，但幾乎有問必答，充滿教學熱忱，而且讓你感覺他根本樂在其中。

「我眞不懂，他要是這麼愛教，怎麼不留在台北？他每個月在里民中心辦講座，根本沒人去，要是在台北至少會熱鬧一點吧？」

「我也不知道，聽說他在台北發生了一些事……」

「該不會是和情人分手，離開傷心地吧？」文青說完又搖搖頭：「不對不對，他那副樣子別說女朋友了，應該連個朋友都沒有。」

「不要亂講，老師人明明很好。」

「唉唷？」文青態度一轉：「替他說話喔？」

我清清喉嚨，避開文青的調侃：「總之呢，一個故事不限只有一種變化，很多和解故事，本身也是成長故事，像《可可夜總會》就是這種混合類型。」

「一開頭寂寞的人，最後就會找到愛情。啊，美好世界。」文青發著花癡，而我無視他的話中有話。

## 有麻煩才會動起來

「原來世界就是**鋪陳**的開端，介紹**角色的想要**，介紹**角色是誰**，介紹**角色關係**等，但沒有規定一定要在這個階段一口氣介紹完，還是會考慮戲劇效果。原則上，只要在第一幕結束前把主線上的主要角色都介紹完就可以了，所以有時會和**立即困境**混合在一起。」

「爲什麼困境要『立即』？」文青見我不理他，終於恢復正常了。

「因爲角色可能在原本世界中，就陷在某個**長期困境**裡。主角可能窮、可能膽小、可能被欺負，無論他有沒有嘗試改變過，但他已經**困在這種生活裡很久了**、**定型了**。整個故事，其實就是他成功改變的那一次。有一個**必須馬上採取行動**的困境，才能使他原本被定型的生活開始動起來。這種立即困境通常有三種情況，第一種是**舊環境的改變**，被解僱、家人過世、陌生人來臨等；第二種是**進入新環境**，搬家、旅行、新工作等；第三種是**有時限的任務**，比賽、限定一個月要還清的債務、醫藥費等。這幾種情況，都會使人不得不立即採取行動來解決眼前的問題。」

「想解決這個問題，就是角色的**想要**嗎？」

「如果角色本來不想，那這個困境就創造了想要；如果主角本來就想，那就是要把**想要**變成**具體的行動**。像《可可夜總會》的例子，主角熱愛音樂，想成爲像偶像那樣的歌手，故事透過一場音樂大賽，使他有機會採取行動。不然他一直想，沒機會表現，就無法做出衝突。」

「那什麼叫**單一任務**？」

「**單一任務**就是在故事當中，主角**最主要在經歷的冒險**。你可以用預告片的角度去思考，預告片的主要內容，其實是**原本世界**、**立即困境**、**單一任務**這三個部分組成的。老師說，通常如果在預告片中看不出這三件事，幾乎就可以確定這部電影不好看。」

「好像是這樣。」文青又開始搓他的下巴。

「這是故事情節中最重要的一個環節，有許多重點。」我打開筆記，開始一一條列出來：「首先，**單一任務應該能解決立即困境**。這個單一任務是由立即困境延伸出來的，無論主角有沒有意識到，但當主角將單一任務完成時，他的立即困境就會獲得解決。

「第二，**單一任務必須是『單一』的**。反過來說，立即困境應該可以透過一個任務，就可以被解決。它可以被分成幾個關卡和階段，但都必須是爲了完成同一個任務。如果不是單一的，故事就會失去焦點，變成混亂的流水帳。

「第三，**單一任務在故事中，一定會被完成，或至少完成到某個看似解決立即困境的程度**。綜合以上三點，挑戰關卡就是完成單一任務的過程中，編劇設計的幾個難題，而且這些難題需要被一一克服，最後收獲的戰果可以解決立即困境。

「第四，**主角在單一任務中，必須是主動的**。他要可以發揮他個人的力量來解決任務，也就是說，這個任務的解決，應該會和主角的能力有直接相關，不能是完全依賴別人完成的。大概是這樣。」

文青對照著我前面寫的三部作品分析：「《可可夜總會》主角的立即困境是想參加比賽證明自己，單一任務是尋找偶像祖先？」

「對，而找到偶像祖先的條件，剛好就是一場靈界的選秀比賽，所以當他靠著自己的表演完成任務，與祖先相認，獲得祖先認同時，他就成功的證明了自己；《刺激1995》中，主角的立即困境是監獄的種種恐怖，強暴犯、兇暴的獄警、糟糕的人際關係等，而單一任務是他靠著他身爲銀行經理的財務知識，解決了獄警們的財務問題。」

文青點頭，若有所悟：「這不但使他和獄警打好關係、趕走了強暴犯、也使他建立起在獄友心中的形象。」

我補充：「主角本身在執行這個任務時，並沒有預期會帶來這些好處，但實際上確實解決了他所有的立即困境。」

文青繼續：「那《高年級實習生》主角的立即困境就是進到了年輕人的公司，大家都小看他，使他原本想找回生活重心的期待落空。他的單一任務，就是主動積極的去把握每個他能表現的機會，改變年輕人對他的看法，故事中設計了一系列年輕人的難題，讓他有機會展現他的年長智慧，使他成功融入年輕人，受到年輕人的器重與依賴，找回了他的生活重心。」

「答對了。」我不得不佩服文青，我在課堂上好不容易弄明白的東西，他總是可以清晰的抓到重點：「老師還示範將故事的單一任務打亂，例如在《刺激1995》中放入主角追查自己的冤罪、向朋友學習怎麼在獄中買賣東西、和女子監獄通信發展愛情故事……這些都是他可以在監獄中做的事，每件事也都很有意思，但它們彼此之間的任務是不同的，也互相沒有關聯性，整個劇情就變成混亂的流水帳了。」

「**少即是多**。並不是越多不同的事件，故事才會越精彩。限縮劇情的走向，減少事件的類型，反而會使故事變得更好看。」文青說出了不可思議的高深總結，我驚訝的看著他，他白我一眼：「妳幹嘛？」

「呃……你突然變成眞的文青了。」

「我本來就是眞文青好嗎？」文青得意的推了推眼鏡：「事件聚焦，不節外生枝，不隨意發展，這不是常識嗎？」

啊啊，眞讓人不爽，我繼續參照筆記向下解說：「總之，由主角主動解決、明確的單一任務，是一個精彩的故事中，非常重要的環節。」

## 故事的下半場

「接下來是**潛在問題**，雖然單一任務的完成，會解決主角的**立即困境**，但不能解決主角所有的困境，不然故事就直接結束了。故事到這個階段，會延伸出一個**潛在問題**，替原本看似就要迎來美好明天的主角，帶來**新的危機**。我們通常有幾種設計潛在問題的方式：

「第一種是**隱藏的秘密**，這種最常見。例如以爲阻止了敵人的陰謀，但其實敵人有一個更大的陰謀，眼前的只是幌子。或是眞正的敵人，其實是意想不到的人，《可可夜總會》就是這樣的例子，眞正的祖先另有其人，而我們原本以爲是祖先的人，其實是大魔頭。在愛情故事中，也常見這種情況，主角以爲他愛的是戰果，但後來才發現，他愛的其實是陪他一起追求戰果的人。

「第二種是**戰果的代價**。我們藉由安排隱藏在戰果背後的代價，來創造新的危機。例如原本想賺錢給家人過好生活，卻在賺錢的任務中，付出了某個與家人有關的重要代價，可能是錯過了與孩子的約定、做了或說了傷害家人的事等。

「第三種是**新的安排**。在有些作品中，角色完成單一任務後，故事會暫時告一段落，然後開始鋪陳新的篇章。《刺激1995》就是這樣的例子，前半段主角成功適應了獄中生活，形成了一個新的平衡，後半段來了一個新獄友，創造了新的問題。做這種設計，要留意這個新篇章必須和第一幕鋪陳的內容有關，否則會變成兩個被拼貼在一起的故事。《刺激1995》中新獄友帶來的消息，是第一幕就存在的冤獄問題，這使得兩個段落雖然中間有十年以上的時間差，卻保有很強的整體性。

「第四種是**別人的問題**。這種手法比較少見，《高年級實習生》就用了這個模式。在電影的前半段，主角解決他的問題，故事後半的重點，其實都在處理女老闆的問題。這種手法的重點在於這個**別人**必須要是一個對主角而言很重要的角色（通常是第二主角），他的問題直接影響到主角前半段收獲的戰果，在設計上才能保持整體性。

「第五種是**延遲的對決**。最有名的案例是諾蘭的蝙蝠俠三部曲中的第二部《黑暗騎士》。最重要的反派小丑在故事開頭其實就出現了，但主角蝙蝠俠在故事的前半部卻在執行其他的任務（追捕黑幫），直到故事前半段任務完成，蝙蝠俠才與小丑第一次正面交鋒。這種模式在一般故事中比較少見，但在**靈異故事**中卻很常見。觀眾常常在故事開頭時便已經看到鬼是誰了，但主角在故事前半段還困在謎團中，不知道身邊鬧鬼了，直到故事前半段的任務完成（發現鬼的眞面目），才開始第一次的與鬼正面交鋒。

「無論是哪一種方式，潛在問題會導致主角的狀況一**路變差**，到達**失去一切**的階段。」

「我知道，就是要死了要死了要死了的時候。」文青插嘴。

「你又犯了同一個毛病。」我一掌拍向文青的額頭，發洩剛才的不爽情緒：「之前不就說過嗎？死只是絕望的**其中一種手法**，關鍵是主角的**想要**。」

文青摀著額頭：「主角離他的想要最遠的時候？」

「對，說得更清楚一點，就是失去了**主角曾經重視的一切**。像《高年級實習生》，老闆失去了婚姻，所以試圖放棄她的事業來拯救婚姻，卻又看起來徒勞無功，這裡面沒有人死，但因爲她失去了她**最重要的東西**，一樣可以創造出絕望的低谷。或是像《穿著Prada的惡魔》，主角雖然得到了工作上的成就，但失去了朋友，也失去了男友，這些都是她曾經最重視的一切。

「所以常見的失去一切有兩種，一種是**失去曾經重視的一切**，另一種就是**死亡**。死亡又分兩種，**肉體上的死亡**和**精神上的死亡**。前者很好理解，後者的意思是主角某個**重要信念的瓦解**。而肉體的死亡也可以分兩種。主角或重要他人的死亡，而他們的死亡又可以分兩種：**差點死亡**或**實際死亡**。《可可夜總會》裡，主角就是差點死亡，白天即將來臨，手指變成骷髏；而《刺激1995》則是信念（翻案出獄的希望）與重要他人（親密的學生）的死亡。」

「兩種兩種兩種兩種……高明這傢伙一定是故意的！」

「無論如何，主角會越過這個階段，迎向故事的**最終挑戰**，也就是故事中最後一個大事件，這個事件的設計，與開頭的**立即困境**通常會相呼應。」

「咦？立即困境？」文青立刻抗議：「立即困境不是要被單一任務解決嗎？」

「是啊，但別忘了他們是同一條故事曲線。」我指回W上面的圖：「立即困境是**故事主線的啓動點**，那最終挑戰就是**故事主線的高潮**，每條故事線的高潮和啓動點，大多數時候都會相關，就好像你讓一個人去參加比賽，最後就要告訴我們，他是贏了還是輸了，你把一個人開除了，最後就要讓我們知道，他最後找到了什麼工作？故事必須有頭有尾。」

「嗯……但是如果它在收獲戰果時，就被解決了呢？」

「所以就不可以讓它被解決囉。」文青又問了我當時問的一樣的問題，我已經被電得很有心得了：「萬一你想的故事中間真的被解決了，你要增加一些設定，好讓故事變得複雜一點，利用『潛在問題』把故事再往前推動。我們來看實際的例子好了。」

我回到三部電影的例子：「《可可夜總會》在**收獲戰果**階段，雖然讓他的音樂才華獲得了認同，但並沒有解決主角與家人之間的矛盾，所以它所設計的**潛在問題**和**最終挑戰**，就是打敗造成家人彼此誤解的大魔頭，直接解決讓家人痛恨音樂的源頭；在《高年級實習生》中，『收獲戰果』就幾乎解決了老班所有的問題，所以它在開頭加入了老闆的立即困境，被要求找一個有經驗的ＣＥＯ，『潛在問題』就轉到了老闆身上；《刺激１９９５》的立即困境是被關之後的種種問題，在『收獲戰果』時他雖然適應了監獄，但他被關的這件事仍然存在，因此『潛在問題』和『最終挑戰』就設計成了脫離監獄。我還可以舉更多『立即困境』和『最終挑戰』呼應的例子，《我和我的冠軍女兒》困境是想前進奧運卻做不到，最終是奧運決賽；《我只是個計程車司機》困境是爲了錢才載記者進管制區，最終是爲了正義載記者出管制區；《鋼鐵人》困境是……」

「好了好了好了……」文青舉手投降：「我知道它們要呼應了，總之，**收獲戰果**和**最終挑戰**，是分成兩個階段解決主角所有的問題，這樣理解可以嗎？」

「可以這麼說。」我覺得自己寫了很多作業眞是太好了：「我之前在構思時，常常把事情想得太簡單，一次性解決，故事就會顯得轉折太少，答案太直接。」

「那**最終挑戰**，除了與開頭呼應，還有設計的重點嗎？」

「有一些基本原則，」我繼續分享筆記：「首先，戲劇是放大的過程，所以理想上**最終挑戰**這個階段所安排的事件，應該要『大』，無論是主角的風險、面對的挑戰、整體的影響、或是事件本身的場面，都要大一點會比較好看。比較簡單的『大』，就是場地大、人多、生死攸關……比較特殊的『大』，是像《刺激１９９５》那樣，挑戰了一件最不可思議的事，在安排上，利用雷雨與吶喊強化了戲劇效果，偵探故事中，最後總是在一個大房間，所有人到齊，解開最關鍵的謎團，也是類似的原理。《高年級實習生》在最後，就缺乏了這個**大**，所以結尾就顯得比較平淡，戲劇張力相較之下就比較弱。」

「所以不是一**定要大**，而是**大比較精彩**。」

「因爲結尾高潮是決定觀眾滿意度很重要的一個階段，觀眾大多可以接受開頭較爲平淡，但高潮精彩的故事，卻不能接受開頭精彩，高潮卻平淡的故事，所以**最終挑戰**做大一點，效果會好一點。」

「除了大，還有呢？」

「第二是**獲得需要**，也就是**讓主角完成變化**。**潛在問題**、**失去一切**、**最終挑戰**這三個階段，本質上其實是爲了讓角色理解對他而言最重要的東西而設計的，主角應該在走過這三階段的過程中，完成他的角色歷程。有時這個歷程發生得早，如《我只是個計程車司機》，在**失去一切**過後，主角在返家的路程中覺醒，才回頭迎向**最終挑戰**，不過大多數的情況，都是在**最終挑戰**的過程中，因爲覺醒而成功解決了挑戰事件。如《高年級實習生》，老闆自己想通了對自己而言最重要的事；《可可夜總會》家族和解，合力擊敗了大魔頭；《刺激1995》是一個比較特別的情況，因爲角色歷程不是設計在主角身上，而是黑人朋友身上，但黑人朋友也是因爲最終挑戰，也就是主角的成功越獄，因此理解了擁抱希望的重要。」

「所以角色歷程不一定要在主角身上？我記得之前在熱炒店時，說故事一開始爲了變化，要替主角設一個可以成長的缺陷。」

「對，但有三種情況不適用這種技巧，一個是主角本身屬於**充滿神秘感**、**無法理解**的類型，因爲劇情需要，觀眾和主角保持距離，故事通常會安排**第二主角**，由第二主角的視角來觀察主角的轉變，這時角色歷程會安排在第二主角身上；第二種情況，當**主角本身是主旨的美德化身**時，通常也會使用第二主角，讓第二主角因爲見證主角身上的美德，而產生轉變，《高年級實習生》有點像這個類型，因爲主角本身就是老人美德的化身，但編劇還是有安排一個角色歷程在主角身上。《阿甘正傳》也是第二種情況，被改變的是身邊的人。而《刺激１９９５》則是第一和第二種的混合，主角本身充滿神秘感，又是主旨的化身；第三種情況比較特殊，不常出現在影視，但很常出現在輕小說中，主角都設定成**擁有驚人的特殊能力**，幾乎是全世界最強的人，再透過主角解決身邊的人的困擾，來提供讀者充滿優越感的代入感。這三種狀況，因爲故事需求，不太適合替主角安排缺陷，因此都把角色歷程做在其他角色身上。」

「所以**雙主角**的故事，都屬於這種類型？」

「不是喔，雙主角有些是這種類型，有些是各有各的角色歷程，而他們會**互相幫助**、

**互補，使彼此成長。**」

「嗯……」文青閉目沉思，似乎是在腦中尋找案例：「好，那還有其他重點嗎？」

「**最終挑戰**的第三個重點，就是要**能與主旨呼應**。主角在這個階段面對最大的反派、最大的挑戰，**我們設計他超越反派**、**完成目標**、**獲得成長的方式**，**必須幫助我們看見故事的主旨**。如果劇中的**感情戲**是重點，這個最終挑戰的解決，也必須與情感有關。所以《可可夜總會》中，家族情感是重點，最終就必須是家族合力打敗魔王；《刺激1995》的逃獄方式，靠的是一把沒有無比的信念、就無法達成目標的小鎚子；《高年級實習生》眞正的主旨，並不僅只是『老年人的價値』，而是『展現自己的價値，哪怕你與眾不同』，所以老年人進新公司又怎樣？女人擁有事業又怎樣？老闆最後想通了這件事，不願用事業交換婚姻，卻意外的同時取回了事業與婚姻。」

「例子很好，但這些不都是廢話嗎？」文青不以爲然。

「不，最終挑戰的事件設計錯了，會影響主旨的。」我舉了老師當時舉的例子：「《我和我的冠軍女兒》中女兒一路靠著與父親的合作，打入了決賽，在這個故事的**最終挑戰**中，編劇設計了一個難題，父親中了陷阱，被困在一個房間內，比賽開始，女兒因爲父親不在，陷入了苦戰。我們在這裡有一個常見的經典設計：在最後緊要關頭，父親破門而出，衝到女兒身邊，女兒因父親回歸，生起自信與勇氣，使出兩人秘密苦練的絕招，逆轉戰勝了對手。」

「很棒啊，經典結局。」文青沒意識到這不是電影原本的結局。

「叭叭。」我模仿問答節目裡答錯的音效：「如果眞的這樣設計，就破壞了故事的主旨『女人與男人生來平等，可以做到任何與男人相同的事』。」

「爲什麼？」文青不服。

「因爲女兒一旦失去了父親，就什麼也不是。在整個故事中，女兒從來沒有獨立完成任何的挑戰。這樣的劇情，怎麼說服觀眾主旨是男女平等呢？」

「啊……我想起來了，原本的結局不是這樣的。」文青拍了拍腦袋：「父親從頭到尾都被關在房間裡，女兒是靠自己的力量獨立打敗對手的。」

「對，」我借花獻佛，搬出老師的補充：「而且她在打敗對手時，腦中浮現的那個提醒她必須獨立的聲音，是當年父親給她的特訓。這是一個巧妙的設計，同時平衡了『獨立』的主旨和『父女情』的感情戲，少了任何一邊，這故事都不太完整。」

「這倒是眞的從沒想過……」

「老師舉過另一個例子，是《蝙蝠俠：黑暗騎士》。」我繼續借花：「這部作品的主旨，談的是『英雄不是個人力量最強的人，而是能讓人相信正義、相信法治的人』。所以整部作品中蝙蝠俠一直都在試著把檢察官哈維打造成『光明騎士』，暗中幫助他。針對這個主旨，編劇選擇的大反派，便是什麼都不信，專門破壞秩序的小丑。在最終挑戰階段，小丑安排了一個雙船事件。」

「我知道，兩艘船上都裝了炸彈，一艘船載的是市民，一艘船載的是罪犯，他們各有一個開關，只要按下去，對方的船就會爆炸，自己就能得救，但如果兩邊都不按，兩艘船都會爆炸。」

「在這個難關中，如果最後是靠蝙蝠俠靠著精良的裝備和高超的身手，拆除了船上的炸彈，解決了危機，那一樣破壞了主旨，說到底，還是能力最強的人才是英雄。因此，編劇做了一個符合主旨的選擇。」

「讓兩艘船的人都因爲相信正義、相信法治，不願按下炸彈。時間到了，兩艘船都沒有爆炸，喜歡玩弄人性的小丑無法理解爲什麼他們都不肯爲了自己犧牲別人，最後遭到蝙蝠俠的修理。對正義法治的信心，解決了這個難題。」文青用誇張的聲調，唱作俱佳的把故事說完，看來他很喜歡這部電影。

「看吧，這不是廢話吧，一不小心就會設計錯囉。」

「確實……魔鬼出在細節裡啊。」

「最後一個重點……」

「還有啊？」

「最終挑戰的解決，主角必須是**主動**的，扮演著關鍵的角色。所以在剛才蝙蝠俠的例子中，雖然船上的人要靠自己得救，編劇沒有讓蝙蝠俠閒著，他必須在其他地方，與小丑和他的爪牙們正面對決。**最終挑戰要和主旨呼應，但主角依然必須維持主動，甚至要處在事件的中心**。」

「每個階段，要考量的事情都不少呢。」文青開始露出苦惱的表情，下巴感覺都要搓破了。

「還沒有說到**美好世界**的重點喔。」

「開頭不是說過了？」

「我們只是大略的知道了方向，實際上在這個階段，還有一些細節要留意。除了角色歷程需要完成之外，這個階段必須**解決所有故事留下的懸念**，所有角色的目標、困境都應該在這時落幕。**美好世界**同時也**相對於原來世界**，就像一段旅程，結束之後會回家一樣。**主角通常會回到原來世界**，但這時因爲他已經成長，因此原來困住他的長期困境消失了，**他變成更好的人，世界變成更好的世界**。」

「但並不一定要回到原本的家吧？」文青提出反例：「像《刺激1995》，主角就去了遙遠的海島。」

「因爲他是逃犯啊，無論如何，物理上的『原來世界』一定不可能給他更好的生活，因此他需要在一個新地方，用新身分開始新生活。這是一個特殊的例子，但也看得出那個**更好**的感覺。相對於監獄，他去到一個開闊的海島，而不是森林，看起來更有自由、天堂的感覺。而且當黑人朋友與他會合時，我們知道他等於有了新的家人。不過這終究是特例，大多數的人在冒險結束後，還是會回歸正常的生活。」我以老師的話總結：「只要獲得**需要**，原本的世界就可以是天堂。」

## 核心與支線

「嗯……」文青把電腦畫面切回一開始的表格。

他開始看圖發問：「所以中間就是整個W型結構的每個階段……上面爲什麼沒有**挑戰關卡**和**美好世界**，反而有一格叫**支線**？」

「因爲這是結構圖，不是眞正的大綱啊，這個圖是幫助我們發想故事的。老師說他設計這個圖的邏輯，是類似『找到兩個點，就容易想出連接它們的線』，所以這張圖上，都是這樣的線索。」我指著左上角的外在問題：「這個是角色**外在的長期困境**，例如窮、被看不起、做著不喜歡的工作等，而因爲這個困境，就會產生右手邊的這個**想要**。」

我指向圖的右邊：「而從困境到獲得想要，就會連接出在故事可能可以用的任務。這就是**外部事件**，指看得到、可被演出來的、主角實際的行動。這部分和預告片的內容會很像，主角爲了一個目的，必須採取一個行動，但這個行動卻面臨阻礙。

「有的時候情況會反過來，我們可能在構思故事時，會先想到任務，但還不確定主角的**困境**和**想要**，這時就可以往前往後設定困境和想要，有點像我們之前做的三張紙的練習。

「下半部則是替主角設定的**內在缺陷**，還有他必須完成的轉變，他克服這個缺陷所必須的**需要**。而主角整個轉變的過程，就是**角色歷程**，也就是**內部事件**。**外部事件**和**內部事件**彼此呼應，而**想要**和**需要**也會有關聯，而這一切，都會扣著整個故事的**主旨**。」

「我問一格妳講十格……」文青看起來

<table>
<tr><td colspan="9">片名：</td></tr>
<tr><td rowspan="2">主角外在問題</td><td colspan="6">外部事件：</td><td rowspan="2">想要：</td><td rowspan="4">故事主旨：</td></tr>
<tr><td rowspan="2">原來世界：</td><td>立即困境：</td><td rowspan="2">支線：</td><td rowspan="2">收獲戰果：</td><td>潛在問題：</td><td rowspan="2">最終挑戰：</td></tr>
<tr><td rowspan="2">主角內在缺陷</td><td>單一任務：</td><td>失去一切：</td><td rowspan="2">需要：</td></tr>
<tr><td colspan="6">內部事件：</td></tr>
</table>

有點暈頭轉向：「幹嘛分得那麼複雜？」

「因爲故事就是有這麼多部分啊，如果不區分開來，就會遺漏一些重點。」我想了想，試著舉例子：「**外部事件**和**類型**有關，例如特務片，外部事件就是特務與恐怖分子的對抗；愛情片，外部事件就是一對男女談戀愛的過程；武俠片，可能是復仇、可能是奪寶、可能是保家衛國或爭武林盟主，總之提到一個類型，就會決定外部事件的方向。但是，配合不同的**內部事件**，就會形成不同的故事。例如《金牌特務》和《不可能的任務6：全面瓦解》，外部事件都是特務與恐怖分子的對抗，但內部事件一個是男孩變成男人的過程，一個是了解到自己的特質不是災難而是祝福的過程，兩者發展出來的故事，還有著重的重點，就非常不同。**光顧著思考外部事件，故事會缺乏內涵；光顧著思考內部事件，故事會缺乏劇情。**」

「是一個叫座不叫好，或是叫好不叫座的概念。」

「沒錯！」文青這總結好，我拍手認同：「老師說，不要把這個格子當成一個作業、一種累贅，像要交報告一樣去塡滿它。最可怕的是你腦中想了一個故事，然後**硬要把故事塞進這個表格裡**，這是錯誤的用法，你應該認眞的依照每一格的定義，將你腦中的故事分解，放入格子中，藉此發現故事不足的部分，然後思考、修改。它是一個檢查和刺激靈感的工具，如果用敷衍的心態去塡它，它就是沒用的垃圾。我會先把我已經想到的東西塡進格子裡，然後依照每一格之間的因果關係，幫助我去思考還空白的地方，劇情就會比較快浮現出來。」

「說了半天，妳還是沒告訴我，**支線**是什麼啊。」文青終於失去耐性。

「啊……抱歉抱歉，我不像老師，腦中都有自動導航系統……」我抓抓頭，老師到底是怎麼可以繞一大圈，回到原來的問題啊？我開始回答文青的問題：「之前老師講**衝突層次**的時候，你有聽到嗎？」

「有啊，一個故事至少要有三個層次嘛。」我以為文青睡著了，他居然有聽到。

「對，因為一條**主線**通常都有兩個層次，一個是主角的角色歷程，成長就是個人層次，和解就是人際層次，而另一個就是主線上的事件所產生的層次。例如《高年級實習生》，主角個人失去生活重心的個人層次衝突（角色歷程），在公司同事間工作的人際層次衝突（主線事件）。故事如果只聚焦在主線上，就會發現內容比較單薄，所以通常就會另外找一條支線來**補充**這個層次。」

「這部分理解，上次課程有提過類似的概念。」

「但這條支線不能隨便找，要是一條**和主線相關**、**和主旨呼應的故事線**才行。支線應該要可以**擴大**，或是**平衡**主旨的面向。」

「**擴大或平衡**？」

「像《高年級實習生》，如果光是要抓一條支線，其實不見得要把老闆安排成第二主角。我們大可以聚焦在主角身上，他已經有個人和工作兩個層次了，我們可以加入愛情層次，或是社會層次來作爲支線，例如，他試著追求公司的按摩師卻受挫，進而影響到工作表現和人際關係，或是因爲他與按摩師年齡差異太大、因爲他在新創公司而遭到朋友異樣的眼光等，這些都是可能配合的支線。」我喝了口水，停頓一下：「但這些支線相較於編劇最終的選擇，用老闆的婚姻與事業來做支線，都不夠好。因爲老闆的支線，擴大了『展現自己的價値，哪怕你與眾不同』這個主旨，使這個『與眾不同』不僅限於**老人**，也加入了**女性**。人老了就必須退休，和女性爲了婚姻就必須放棄工作，都是很多人覺得理所當然的事，但**眞的是這樣嗎？**如果這個老人的生命重心就是工作呢？如果這個女人的生命重心就是工作呢？主角和老闆表面上幾乎沒有共同點，但其實他們有，這就是這兩個主要角色的相對性。」

「確實，比起這樣的安排，其他支線似乎能傳達的主旨，相對的就比較窄。」文青點頭認同，接著問：「那**平衡**是指什麼？」

「有些故事的主旨比較八股，例如像《模犯生》這部泰國電影，就是在傳達作弊不好，回頭是岸，我們雖然可以設計不同的支線：友情線、愛情線、親情線，作弊的人都受到懲罰或悔改，正直的人都獲得好結果，這樣雖然擴大了主旨包含的面向，但這樣整體就有一種說教感，會顯得比較無趣。因此編劇做了一個**平衡**的選擇，他除了安排一條作弊的人都受懲罰或悔改的主線外，另外安排了另一條正直的人墮落學壞的支線，他在最後邀女主角入伙，再進行一場作弊買賣，被女主角拒絕了。他最後會成功嗎？我們不知道，但看起來希望不大。在這樣不影響主旨的安排下，做到了一種平衡，讓故事顯得豐富而不是單面向的說教。」

「所以這條支線，其實是考量到主線的不足，所以才增加的？」

「對，如果主線本身就很豐富，其實不見得需要支線，像《可可夜總會》裡的支線，幾乎都是爲了說明主線的內容而存在的，而不是另外添加的。《克拉瑪對克拉瑪》這部片，主線本身就包含了愛情（婚姻）、親情（父子）、工作和個人成長四個面向，《我和我的冠軍女兒》主線也包含了親情（父女）、社會（女性歧視）和個人（夢想追求）三個面向，所以這兩個故事都沒有支線，光主線就滿滿的了。」

「那爲什麼支線的格子會在中間？」文青指著表格：「支線明明不在W的結構裡啊。」

「放在中間，是因爲**支線開始的位置**，大多數是**第二幕的開端**，也就是單一任務形成以後。因爲如果支線太早在第一幕就開始鋪陳，會和主線的鋪陳混在一起，觀眾容易分不清主線是哪一條；如果支線太晚出現，主線故事接近高潮正精彩，才開始鋪陳支線，觀眾又容易覺得支線節外生枝、轉移焦點。所以選在單一任務形成，觀眾已經抓到重點了，再配合單一任務的鋪陳一起進行，是最常見的。但常見不等於絕對，要看故事的情況決定。」

「所以支線在設計時，也一樣要發展成W型？」

「這就沒有一定。W型是整個故事的長相，無論主線和支線怎麼長，只要最後能形成W型就好。」

「嗯……這個有點抽象。」就算是文青，也沒辦法想像我在說的是什麼情況。

「那舉實際的例子好了，我想想……」

我查著我之前做的作業：「有了，就以《穿著Prada的惡魔》和《金牌特務》這兩部片爲例好了。」

我對比著主線和支線圖解釋：「這是把主線和支線分開來拆解的對比圖，在整部電影的時間軸上，兩條線上事件所在的位置。《穿著Prada的惡魔》裡的支線，是與偶像之間的感情發展，偶像在第二幕開場出現，兩人的感情一路增溫，同時配合著主線上，主角工作的成就與私人生活的挫敗，直到兩人發生一夜情，第二天早上主角在偶像房裡發現米蘭達即將要被撤換的眞相，主角宣告兩人沒有感情，支線結束，與主線合併在一起。

「《金牌特務》是個比較特殊的例子，這個故事乍看之下不符合所謂的單一任務，一邊追查大反派的陰謀，一邊在努力通過金士曼的考核，但這兩個任務是由兩個角色分開進行的，互不干擾。這樣設計的原因，是因爲在故事邏輯上，大反派必須在故事後期才會和

## 《穿著 Prada 的惡魔》

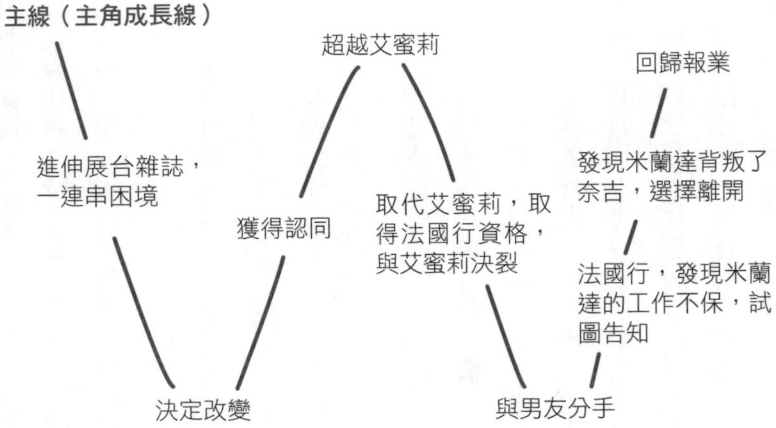
主線（主角成長線）
超越艾蜜莉
回歸報業
進伸展台雜誌，一連串困境
發現米蘭達背叛了奈吉，選擇離開
取代艾蜜莉，取得法國行資格，與艾蜜莉決裂
獲得認同
法國行，發現米蘭達的工作不保，試圖告知
決定改變
與男友分手

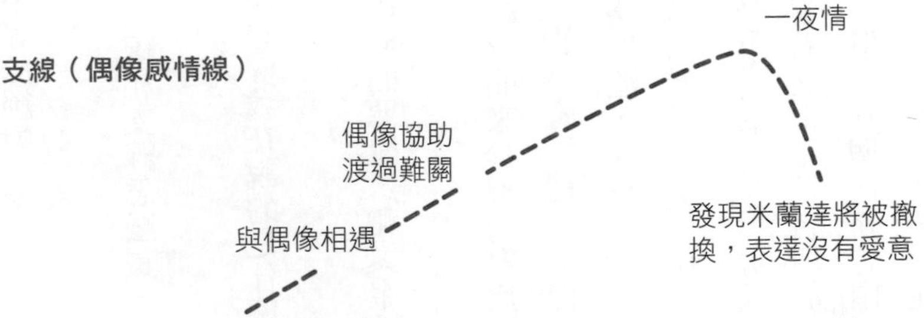
一夜情
支線（偶像感情線）
偶像協助渡過難關
與偶像相遇
發現米蘭達將被撤換，表達沒有愛意

## 《金牌特務》

**主線（主角成長線）**

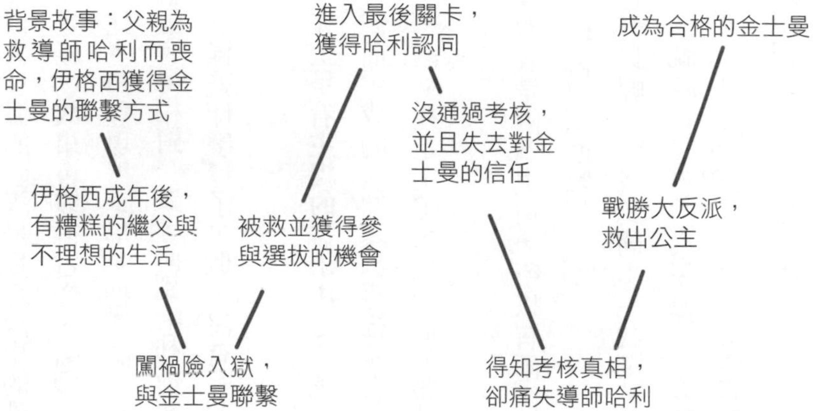
背景故事：父親為救導師哈利而喪命，伊格西獲得金士曼的聯繫方式
伊格西成年後，有糟糕的繼父與不理想的生活
闖禍險入獄，與金士曼聯繫
被救並獲得參與選拔的機會
進入最後關卡，獲得哈利認同
沒通過考核，並且失去對金士曼的信任
得知考核真相，卻痛失導師哈利
戰勝大反派，救出公主
成為合格的金士曼

**支線（反派追查線）**

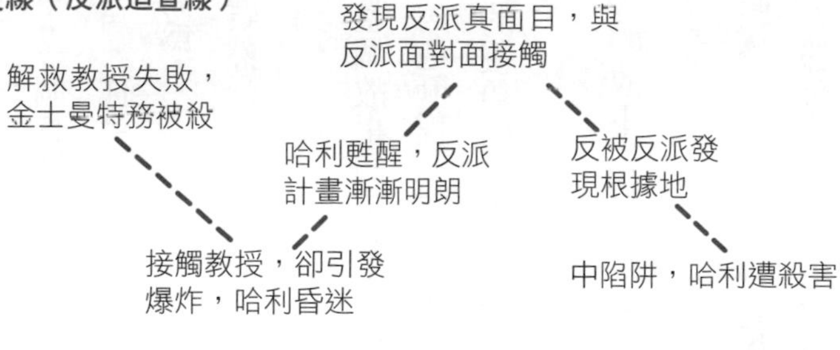
解救教授失敗，金士曼特務被殺
接觸教授，卻引發爆炸，哈利昏迷
哈利甦醒，反派計畫漸漸明朗
發現反派真面目，與反派面對面接觸
反被反派發現根據地
中陷阱，哈利遭殺害

主角有接觸，但大反派的陰謀是貫穿故事的外部事件（而不是金士曼的考核），如果讓大反派在後期才登場，故事會變得古怪、斷裂，於是編劇做了一個有趣的選擇，讓支線（主角不在的線）比主角登場得更早，把導師哈利做成第二主角。你會看到這兩條線之間，在W的形狀上就配合得相對一致，直到哈利被殺，兩條線合而為一。」

「看起來支線長什麼樣子，似乎沒有一個定律啊……雖然是符合故事曲線啦。」文青看來有點頭大。

「是啊，完全是**看主線的需求決定**。主線、主角，是整個故事的中心，支線、配角，都是圍繞著它們而生成的。像《高年級實習生》，主角的角色歷程在故事中間就完成了，等於是W的前一個V在走主線，後一個V雖然是透過主角的視角出發，但其實都是支線老闆的問題。」

「也可以看成是兩個主角，所以有兩條主線，一個人的故事先解決，再輪到另一個人？」文青提供了另一個觀點。

「好像也可以喔。」我認同：「我剛聽到W結構的時候，覺得好像很死板，但越去看更多的例子，就越會發現其實很靈活。感覺有點像每個人都有生老病死，都有學生、工作、婚姻等階段，但每個人的人生其實都非常不同。」

「所以妳現在的作業是什麼？」

「**接寫預告片**。」

「接寫……妳是說，看預告片，然後把它寫成一個完整的故事？」

「對啊，因為要練習發展這個W型的結構，不見得眞的有很多故事的想法可以用，老師就叫我看預告片，找出表格裡有的東西，外部事件啊原來生活啊單一任務啊……然後練習把其他部分補滿，變成一個完整的且符合結構的故事，寫成大綱。」

「又是一個『不寫自己故事』的練習。」文青笑笑：「大綱怎麼寫，高明應該也有一堆法則吧。」

「這個好像還好……」我翻了翻筆記：「有了。故事大綱有幾種常見的形式，但不同劇組常有不同的名稱和定義。大致可以分成五百字內的、三千字左右的，還有近萬字的大綱。五百字內的，一般可能被稱為簡綱、短綱或梗概，有些甚至要求在三百字或一百字內，相當於英文所說的 **logline**，一句話大綱，但不見得眞的只有一句話。短綱的重點，是要能清楚的看見故事雛型，並且從這個雛型中看出故事的**勾子**，也就是讓人想看下去的賣點。短綱中應該包含**主角**、**衝突**，也就是想要和阻礙，還有**任務**。」

「聽不懂啦，」文青嘲笑我像在唸逐字稿一樣：「舉個例子吧，《高年級實習生》的短綱？」

我想了一下：「一個退休老人，為了找回生活目標，決定參加一間新創公司的實習計畫，但這間公司裡，卻全是與他意見和價值觀不同的年輕人，他要運用他的人生經歷與智慧，證明薑還是老的辣。」

「八十個字，眞的整部片的故事都說完了。」文青居然眞的算了字數。

「應該還可以再精鍊一點，但我只會這種基本款。」

「那三千字大綱呢？」

「這是最常見的**電影大綱**長度，可以看出完整的故事。寫的時候，先不管影片播放時的先後順序，要**依照實際發生的時間順序寫**，有十年前就從十年前寫起，才不容易產生邏輯問題。」我翻頁繼續：「必須要有頭有尾，不能寫成像『他們即將踏上一段精彩的冒險』的劇情介紹，要寫出實際的結局。可以利用W型結構的時間比例去大致規畫大綱的字數比例，每個波段約七百五十字，開頭第一段從人物介紹寫起，主角是什麼樣的人，他想要什麼，有什麼困擾，過著什麼樣的生活，第二段就該進入啓動點，讓故事發生，接下來就是一次又一次的行動、結果、再行動……直到結局。每個人文筆不同，可以依照自己喜歡的筆法去寫，重點是**讀起來順暢**，**角色動機明確**不會使人出戲，著重在**劇情的鋪排**和**轉折**，不要停留太多時間做情緒描寫。」

我唸完筆記，文青看著我：「就這樣？」

「就這樣。」我聳聳肩：「因爲故事本身架構的重點，在W型結構裡。」

「也是啦……那萬字大綱呢？」

「還沒教。老師說一個電影劇本大約三萬到三萬五千字，萬字大綱其實幾乎等於**分場大綱**了，所以等教完分場，我就會寫了。」

「**分場**是什麼？」

「我不知道。」我老實承認：「我這三個多月就是一直重複練習寫故事大綱，我連劇本實際的長相都不知道。」

「妳還真是苦幹實幹的奇葩。」

「我反而很感謝老師這樣教我，」我提出反駁：「我每次練習，都會對原來的課程有新的體會，越去練，越知道這些理論真正的意思，這是我光用想的、用聽的，沒有辦法了解的事。老師一定也走過這個過程，才沒有繼續往下教。」

文青上下打量著我：「妳越來越有編劇的樣子了。」

「不要突然肉麻好嗎？有點噁心。」

「要是讀書時妳也這麼認真就好了，才三個月妳就可以講得頭頭是道，妳一定會考上台大的。」

「有沒有興趣還是很重要啊……」我抓抓頭：「而且知道是一回事，要照著做到，還是需要很多練習才行。」

「這星期感覺開始空閒一點了，我週末也去湊個熱鬧吧。」

「你只是想吃好料吧。」

雖然文青用光了我的午休時間，但能夠好好的跟他說明整個框架，讓我覺得很有成就感。老師也曾經提醒過我，我不能光是聽和做筆記，這樣只是「聽到」和「記到」而已，完整的學習，還必須要能「說到」和「做到」。我今天算是有好好完成「說到」這件事了吧？

就在這樣感覺滿足的氣氛下，又到了上課的時間，我開開心心的來到熱炒店，卻看到一個陌生的情景。

老師的對面，坐著一位打扮時尚，有著一頭俐落短髮的美麗女子。是朋友嗎？從老師一貫冷淡的神情看不出來兩人的關係，倒不如說，老師看起來，似乎比平常更冰冷……？

我有點不知該如何是好，冒然走近似乎會打擾到他們的談話，只好僵在原地不動，正舉棋不定時，那女子突然起身，做了一個驚人的舉動。

**她親了老師。**

不是親吻額頭，不是親吻臉頰，而是捧著老師的臉，**偶像劇一般的吻。**

被她的身體擋住，我看不清老師的樣子，不知爲什麼在極度震驚之下，我竟留意到女子的身材，好瘦……可惡的令人羨慕的瘦……

在那個吻之後，女子便離開了，她從我身旁走過，像百貨公司專櫃一樣的典雅香氣飄來，靠近之後，她看起來更美了。近乎素顏的淡妝下，極好的皮膚透著光澤，像個從螢光幕後走出來的大明星，渾身散發著「我來自另一個世界」的氣息。

後頸一冰，我一聲慘叫，老師用麥仔茶偷襲我：「發什麼呆?上課了。」

我這才發現，我竟看著那女子的背影看呆了。

老師若無其事的坐回位子上，彷彿一切不曾發生過。

但我已經半點上課的心情都沒有了。

# 第七章

# 相同場地，不同場景

放2F
100
各類熱門！

## 不安的心

老師翻著我寫的大綱作業，難耐的沉默瀰漫在空氣中。他有發現我有目睹剛才的事件嗎？就算眞的不知道，發生了那種事，爲什麼他可以維持冷靜呢？我突然好想念文青，他因爲系統突然大當機被迫加班，要是他在現場，一定會毫無顧忌的大問特問吧？

「嗯……看起來差不多了。」老師終於開口了：「差不多可以開始進分場了。」

要是平時，我應該會開心的跳起來吧？但我現在滿腦子都是稍早那衝擊性的畫面，還有一連串的疑問。

她是誰？女粉絲？女朋友？老師確實沒提過他單身，該不會其實是老婆吧？但如果是老婆的話，剛才的行爲太奇怪了，難不成是前妻？到底要怎麼樣才可以像她瘦得這麼好看？到底要怎麼做才能有那麼好的皮膚？那雙眼皮是割的嗎？

啪的眼前一黑，老師像貼符一樣把我的作業拍在我額頭上，把我從胡思亂想中喚醒。

「妳要是不想上課，就現在回家。」今天的老師看起來殺氣騰騰。

如果是被喜歡的女生親了，應該不會是這種反應吧？等等，我爲什麼要這麼在意這件事呢？

「對不起，趕作業趕得有點恍神。」我說了謊。

老師沒有接話，只是盯著我，像是看穿了我彆腳的謊言，等著我自首。我被他盯得坐立難安，正打算招供時，他卻先開口了：「妳很好奇對吧？那個女的。」

我大力的點頭，像是深怕老師看不出我好奇的程度。

老師嘆了口氣：「算了，看來不解釋清楚，今天的課就不用上了。」

「對不起。」像是讓老師被迫講些不想講的事，我感到抱歉。

「也沒什麼好隱瞞的，她是個製片，以前也是編劇，我們一起工作過，算是**很有才華**的那種。」老師推了推眼鏡：「她是我**前女友**。」

雖然早有想過這個可能，但聽到「前女友」這三個字時，我的心頭還是揪了一下。曾經與老師走在一起的，是這樣完美的女子啊，不知為何，我竟有些自慚形穢。

「就這樣？」見老師沒有繼續說明的意思，我趕忙追問：「所以你們分手了？那她來找你做什麼？她幹嘛親你？」

話一出口，我才意識到，我到底在問什麼啊？這些問題簡直就像……簡直就像女朋友在吃醋的台詞啊。老師又不是我男朋友，我有什麼立場去探聽這些？老師沒有回話，沉默的看向一旁。

「對不起，我問過頭了……」正想著怎麼打圓場，老師卻開口了。

「她說她會一直等我。」

這句話似乎回答了一切。

他們不知爲何分手了，前女友來找他談復合，老師沒有答應，於是她給了老師一個深情的吻。嗯，一定是這樣的。

我不知道哪來的勇氣，居然又問：「這樣不會很可惜嗎？」

「可惜？」

「我是說，這麼……這麼好的女生，我都覺得自己要愛上她了，再努力看看或許還有機會……」我語無倫次。

老師笑了：「她不是來找我談復合的，她是來找我談案子的。我不是說她是製片嗎？」

「咦？」

「我們幾年前一起開發過一個概念，她現在找到了投資，希望我當統籌。我拒絕了。」

「爲什麼？」

「因爲我有妳啦。」

什……

「我不是答應妳，要給妳上一年的課嗎？」

「不要講這種容易讓人誤解的話！」

「妳幹嘛臉這麼紅？」

「不要你管！」

這些男人講話都有毛病啊？害得我剛才心跳漏半拍，心律不整會要人命的好嗎？我藉故上廁所，躲在化妝室內平靜心情，但很快又因臭味而放棄深呼吸。

不知從什麼時候開始，老師悄悄的占據了我心中某個位置。他看待事情的單純專注，和隱藏在冰冷背後的溫暖，給了我力量。不知不覺間，我慢慢難以區分，我期待每週的編劇課，究竟期待的是課程，還是與他的相處。

但無論如何，這都只是我單方面的想法罷了。那個人，根本就是一個皈依劇本的和尚，日復一日過著只有故事的生活，連那麼完美的女人，他都沒看在眼裡，我又能夠算什麼呢？我很清楚在他那一絲不苟的生活態度裡，我是被放在「學生」這個位置，沒有更多，沒有更少。

可是，當我聽到，他爲了對我的承諾，而放棄一個機會時，我還是很開心的。能夠當他的學生，我已經很滿足了。

爲了能夠回應他的心情，我也必須拿出十二萬分的努力才行。

## 場景、場次與劇本格式

「我準備好了，開始上課吧。」

老師發現我眼神變了，帶著滿意的笑容，開始講課：「分場開始，是一個全新的領域，我們一點一點來討論。首先，分場有兩個重要的部分，一個是**場景設計**，一個是**場景順序**。」

「**場景**就是指地點嗎？」

「從劇本上來看，一個地點，應該算一個場次。」

「場次？場景？」我混亂的腦袋沒辦法接收混亂的資訊。

「我直接舉實例，妳比較容易理解。」老師拿出一份文件：「這是我之前抄的《金牌特務》的劇本，給妳做參考。」（編按：華人的劇本多為橫式書寫）

**3. 內景　伊格西家客廳　夜**

△哈利來到伊格西家中，傳遞伊格西父親的死訊。伊格西母親，二十出頭，打扮淑雅的年輕女子，無法接受丈夫的死訊。伊格西，五歲的男孩，在一旁地上靜靜玩著玩具。

哈利：很遺憾，你先生的英雄事蹟無法接受公開的表揚，希望妳能諒解。

伊母：我要怎麼諒解？你什麼都不肯透露，我甚至不知道他沒有和他的小隊在一起。

哈利：抱歉，我不能多說了。

△伊格西母親無奈的點點頭。

哈利：但我要給妳這個英勇勳章，它的背後有一個電話號碼，為了具體表達我們的謝意，我們會提供妳……嗯……就算是個人情吧。什麼事都可以，只要妳告訴接線生「牛津鞋不是雕花鞋」，我就會知道是妳。

△哈利將勳章遞給伊格西母親，但她將它拍開。

伊母：我不要你的幫忙，我只要我老公回家……

△伊格西母親泣不成聲，哈利無奈，轉而走向一旁地上的伊格西。

哈利：小朋友，你叫什麼名字？

伊格西：伊格西。

哈利：哈囉，伊格西。

△伊格西低下頭，繼續玩著他手中的雪花玻璃球玩具。

哈利：可以借我看看嗎？

△伊格西將玩具交給哈利。

△哈利將勳章交給伊格西。

哈利：這個就交給你保管了，伊格西，好嗎？照顧好你母親。

△伊格西點點頭。

△哈利將玩具放到一旁桌上，轉身離去。

△伊格西看著手中的勳章。

「你說這是你『抄』的？」我看著這頁電腦打字的劇本。

「是的，看格式就知道，這不是《金牌特務》的原始劇本，而是我看著影片，試著還原回劇本的練習，用的是我們一般**華人慣用的格式**。正所謂要畫老虎，至少要知道老虎的長相，這個抄劇本的練習，可以幫助我們看到更多作品的細節，我之後會把它加入作業之中。」

「上面的△是什麼意思？」

「華人的劇本格式基本上分成三個部分，第一個是**場景說明**，也就是開頭有數字的那行，在每個場景開頭，會以數字註明是**第幾場**，**內景**或**外景**，**地點**在哪裡，最後是**時間**。」

「所以這行的意思是，第三場，室內，伊格西家的客廳，時間是晚上？不用寫幾點嗎？」

「不用，因爲晚上七點和晚上十二點在拍攝上是沒有差異的，一般最多細分成**日**、**夜**、**晨**、**昏**四種，如果眞的需要細節時間，大多是寫在△裡。△是劇本的第二部分，是**畫面描述**，基本上，只要**和語言無關**的部分，都會在開頭打△。像**環境的描述**、**角色的狀態**、**表演的指導**等，甚至電話鈴聲響，因爲不是語言，也是用△。」老師突然想到什麼：「啊，還有一個小慣例，就是一個角色**第一次出現在劇本裡**時，會特別在△中說明他的**年齡**、**形象**等，幫助讀者知道這個角色是誰，不然角色就只是一個名字，常常會搞不清楚他是哪位。」

「那**字幕**呢？」我不太確定這個算不算語言。❶

「字幕有人會寫成『字幕……』，也有人寫在△裡。我習慣寫在△裡，因爲演員會習慣讀『名字……』的部分，比較不會混淆。」

「都可以，這麼隨性啊……」

「是的，華人的劇本目前沒有嚴格統一的格式，有人用舞台劇的寫法，有人學好萊塢的寫法，有人把好萊塢的寫法和有△的這種寫法混著用，基本上看劇組習慣，大家看得懂就好。我用的這個，是目前算是最普遍的格式，大多數的劇本比賽用的也是這種，比賽爲了公平，都會規定統一的格式，要自己留意。」

「所以劇本第三個部分，就是**語言的部分**，是『名字……』這裡？」

「對，只要是語言，就是這樣寫。如果是像內心戲、旁白那種不是從現場角色口中說出來的台詞，就加上VO，寫成這樣。」老師示範了幾種情況的寫法。❷

旁白或內心戲：

角色：（VO）他剛才居然小看我，我等等要他好看。

字幕、片頭或書信內容：

△字幕：「十年後」。

△上片頭：「金牌特務」。

△信上寫著：「我馬上回來。」

插入回憶鏡頭：

△他想起第一次遇到她的時候。

△插入第5場他們的第一次相遇。

△插入鏡頭：他們的第一次相遇。

「如果插入的回憶很長，也可以寫成另外一場。」

我看著示範：「眞的很隨性啊……好像只要看得懂就行。」

「妳抓到關鍵了，其實每個人都有自己的寫法，反正就是看得懂、好讀就行。劇本如果可以寫得像小說一樣好讀，是最成功的。如果寫得像拍攝說明書，反而讀起來很出戲。所以劇本中**盡量避免交代鏡頭**，像什麼特寫、平搖、從上往下拍……一方面是很難讀，二方面也因爲拍攝角度、分鏡這些內容，我們不是攝影師和導演，與其外行指導內行，不如交給專業的去考慮。」

「和我想像的很不一樣。」我回到劇本上：「我以爲劇本就是台詞台詞台詞，沒想到，△反而比台詞多。」

「這確實是多數人的迷思，很多人都以爲寫劇本就是塡台詞，但其實影視劇本是**用畫面說故事**，所以**動作設計**和**對白**一樣重要。」

「動作設計？」

「這個我們之後再談。」老師暫停了這個話題：「我們先回到分場。這個範例就是劇本中的一個**場次**，同時也是一個**場景**。」

「我還是沒弄懂它們的差別。」

「**場次**就是第一場、第二場、第三場，劇本中時空的順序。這個順序就是**影片播放的順序**（**在不考慮剪接師意見的情況下**）。劇本裡**每換一個地點**，就會**換一個場次**。所以像剛才《金牌特務》的範例中，接下來的劇情是在阿根廷的雪山上，地點換了，所以是第四場。」

「那和**場景**有什麼差別？」

「很多人都會把**場景**和**場次**混為一談，但如果你把它們混為一談，你就會很難理解接下來我們要討論**場景設計**時的一些概念。在正確的定義上，**場景**這個詞代表的是一個**時間**、**空間**、**角色**、**情境**組合而成的**事件**，甚至有人直接說，場景就等於事件。而場次只是寫進劇本時，一種被要求的**劇本格式**，方便溝通討論。事實上，在許多國外劇本中，根本就沒有標場次。」

「我還是聽不懂。」

「舉例來說吧，有段劇情是這樣的：『一個人被送進醫院，在經過數個小時的手術後，醫生終於出來，告訴在手術室外焦急等待的家屬，手術失敗了。』」老師點的菜開始一一上桌：「請問，這段劇情中有幾個**事件**？」

「呃……」我似懂非懂：「一個吧，就是在講一個人手術失敗，死了。」

「對，所以其實這是一**個場景**。但如果寫進劇本，地點可能會有救護車上、醫院門口、醫院走廊、手術室、手術室外共五個場次。再深入思考，它有沒有可能只用一個場次寫完？那人被緊急送醫……下一場，是他的喪禮。」

「好像也可以，但感覺似乎不太一樣。有過程好像會強調那種搶救的感覺，而且不確定這個人到底會不會死，如果直接跳喪禮，好像就只是交代他死了。」

「對，但在故事的層面上，它們是一樣的，妳說的是處理手法的問題。一個電影劇本，通常需要**四十至六十個場景**，也就是**四十至六十個事件**。如果妳是以場次的模式去思考，數字就會對不上。所以無論寫進劇本會用到幾個地點，一個事件就是一個場景。」

「但事件有大有小，都算一個場景？」

「不，大事件算一個**段落**。」

「段落？」

「劇本大致上可以區分成幾個區塊，**幕**、**段落**、**場景**。我們一樣以《金牌特務》爲例好了，第一幕是從開頭到主角獲得參與金士曼選拔，主角獲得改變的機會；第二幕是選拔一直到亞瑟死亡，主角失去導師，重新振作；第三幕是突破敵人大本營，拯救世界。妳試試看，《穿著 Prada 的惡魔》？」

「嗯……第一幕是從面試到決定大改造，主角對時尚態度轉變；第二幕是從轉變後到與男友分手，主角工作獲得成功，卻失去私人感情；第三幕是法國行，主角找回原本的自己。」

「很好，妳掌握到了關鍵。重點是**角色狀態的轉變**，就像我們之前討論故事曲線一樣，三幕其實就是三個故事曲線，而曲線的發生，重點在**轉變**。所以我們從故事的**大轉折**

**點**，就可以切出**幕**的位置。」老師很滿意我這三個月的成長：「那在一幕之中，也同樣可以再切成比較小的**段落**，以《金牌特務》爲例，開頭介紹哈利與伊格西家庭的淵源，便是一個段落；雪山蘭斯洛特遇害，金士曼展開調查是一個段落；伊格西的家、酒吧偷車、飛車被抓是一個段落；在警局被救是一個段落；在酒吧哈利顯身手、回家伊格西口風緊、金士曼裁縫店的介紹是一個段落。」

我對於段落的分法感到有點模糊：「這也是用角色狀態的改變去分的？」

「是的，家中環境、偷車、被抓，是一個從原本生活到被抓的轉變；警局被救，是從被抓到被救的轉變；酒吧、回家、裁縫店是從回到原本生活到參與選拔的轉變。」

「這樣我好像看明白了，所以介紹淵源的段落，又可以分成出任務、伊格西家中給出勳章，兩個場景。寫進劇本裡時，出任務那個場景，又要再分成戶外和室內兩個場次。」

「答對了。**劇本中只會寫場次**，從第一場標到最後一場，沒有所謂的幕、段落這些概念，這些都是給我們構思和討論時使用的。」

「所以所謂的分場，其實就是把故事大綱，轉變成段落和場景的過程？」

「妳要這樣理解也可以，」老師喝了一碗湯：「更精確的說，**分場是把大綱轉變成實際可演出內容的過程**。」

## 分場研究

「實際可演出？」

「以妳的大綱爲例，」老師拿出了我最早寫的暢銷編劇大綱：「『一個暢銷電影編劇，和知名導演是一對演藝圈人人稱羨的情侶檔』這句話本身，是沒辦法演出的，它只是一個**描述**，演員沒辦法拿著這句話做表演，除非你把它寫成一個**具體的場景**。例如，拍片現場，編劇坐在導演腿上，兩人邊拍片邊曬恩愛，一旁製片跑來，開心的恭喜編劇另一部作品票房開高走高，已經破億了。」

「和我想像的不太一樣，我想像的是以主角做旁白，配合著畫面，一邊說明大家羨慕的表面光鮮亮麗的樣子，但事實上私底下她的男友卻是恐怖情人……」

「很好啊。」雖然與老師說的明顯不同，但老師沒有否定我的想法。

「這樣可以嗎？」我感到不安。

「當然，編劇哪有什麼寫對寫錯的，我們關心的只有**能不能成立**、**能不能更好**。」

「成立？」

「就是合乎邏輯、說得通、能夠接受、確實可行的意思。例如妳想用旁白來作爲這個故事的**敘事形式**，那這個形式就要從一而終，只要是主角旁白，故事就要是主角觀點。

如果妳突然冒出主角不應該知道的情節，那就叫**不成立**。只要能成立，或許能更好，但沒有什麼不行。」老師開了第二罐麥仔茶：「妳安排的與我安排的差異，就是**場景設計**的課題。」

「也就是說，同樣的故事內容，依照編劇不同的想法和設計，可以變成完全不同的場景？」

「是的，就像前面送醫不治的例子，其實也是一種設計差異。不同的設計，會創造不同的質感，達到不同的效果。」

「聽起來可能性很多，反而不知道該從何開始。」

「這就是我們前面要討論幕、段落、場景的原因。」老師很得意自己的導航系統，他眞的怎麼跑題都是有理由的：「妳如果一下子進去分場景，一定會眼花撩亂，所以先從大塊著手，再往小處去處理。決定**敘事形式**、**分幕**、**分段落**最後才進入**場景**。」

「敘事形式是指要不要旁白？」

「不只，敘事形式大約分成**觀點**和**形式**兩大類。**觀點**就是**從誰的角度切入**？是全知？還是限於主角？第二主角？還是多主角？這部分可能在大綱階段就會考慮，也有人是先擬出大綱之後才開始考慮。如果沒有特別考慮，觀點通常都會在**主角**身上，但隨劇情需要某些場景會跑到別人身上，例如英雄片中常見某些場景是反派觀點，主角並不在場。決定觀點之後，如果要用旁白，**旁白的聲音通常就是選擇的觀點**，有時是單人，有時是多人。有時故事會在中途變換觀點，像《控制》，就同時有男主角和女主角的觀點，交互出現。

「**形式**則是指**說故事的方式**，對故事的特殊包裝。像旁白，有時只是單純旁白，邊說故事邊演，有時會把旁白包裝成採訪或紀錄片，我們會看到旁白角色受訪的畫面。有的故事會包裝成日記，有的故事會包裝成審問過程，有的故事會故意顛倒著說（如《記憶拼圖》），有的故事會打亂故事的時間線（如《敦克爾克大行動》），有的故事會選擇特殊的鏡頭，好比說一鏡到底（如《鳥人》）或是主觀鏡頭（如《超狂亨利》）等，甚至影片完全只使用特定的素材，如《人肉搜索》全片只使用３Ｃ產品的畫面來說故事。**形式**的可能性無窮無盡。

「**敘事形式**很多是導演在操作，但編劇在發想劇本時，如果能夠有敘事形式的觀念，就能發展出更多故事的可能性。一樣的大綱，不同的敘事形式，就會有不同的呈現方式，所以在進入幕和段落的時候，就會需要做一些調整。反過來說，如果你一開始就有一種想放進故事裡的特殊形式，在寫大綱時，也可以考慮先忽略形式，先把完整的故事寫出來，再把形式套進去，寫起來會比較簡單。」

「嗯……之前都沒想過，故事原來有這麼多種可以呈現的方式。」

「很正常，剛開始創作都是靠直覺。學習技巧，其實是在建立更多選擇的可能。有時一個故事很卡，寫起來很不順，或達不到想要的效果，換了一個觀點或形式，就順暢了。」

「所以依照想要的方式，開始把大綱切小，變成一個一個的段落，再切成場景。但我怎麼知道，要怎麼切比較適合呢？一個段落要切成一個場？兩個？還是五個場景？」

「遇到數量問題，戲劇的慣例，就是三。」老師比出了ＯＫ的手勢：「無論是大綱、分場還是劇本，三這個數字幾乎故事中無所不在。大綱時有三幕劇，分場時也有類似的模式，妳可以把它想成一個段落中的故事曲線，**鋪陳**、**主戲**、**結果**。」

「不是鋪陳、放大和翻轉嗎？」

「概念一樣，但細節不太一樣，所以我替它們取了不同的名字，這樣比較容易理解。這個和段落如何切分有關，我往下講解妳就會比較明白。」老師開始講解段落變成場景的方法：「**主戲**的意思，就是**段落中最重要的部分**，例如以《金牌特務》為例，交代淵源的開頭段落，以整個故事來看，哪個部分最重要？」

「應該是給動章吧？沒有動章，主角就沒有辦法加入金士曼。」

「錯。」老師搖搖筷子。

「為什麼？」我不服氣。

「如果只是為了交代動章的來由，其實就算不把前面的淵源演出來，我們也可以直接在後面的劇情中，讓主角直接交代動章是小時候一個神秘的叔叔給他的。」

「那不然呢？」

「眞正的主戲，其實是伊格西的父親爲了拯救哈利而犧牲，而哈利爲這件事情內疚。妳會發現這個內疚貫穿了整個故事，不但促使哈利留下動章，更使哈利對伊格西另眼相看，並且一步一步成爲伊格西如同父親的存在。這個內疚非常重要，如果是以主角交代的方式，就沒有機會讓哈利有機會表演，讓觀眾親眼見證，情緒的感染力會有差。這就是我說的，**沒有錯的分場，但有更好的分場**。」老師頓了頓，繼續說：「所以前面的任務是**鋪陳**，犧牲是**主戲**，而給動章是**結果**。而鋪陳和主戲，可以結合在同一個事件，因此這個段落切成了兩個場景，一個是中東的任務，一個是伊格西家中。」

「等等等等……」我試著消化：「所以我可以理解成，主戲是**我之所以想要這個段落存在**的重點？」

「是的。想像一下，如果我們保留中東任務的場景，但刪除家中給動章的場景，把動章的存在，利用主角講台詞的方式交代，可不可以？」

「如果完全不演都可以，當然只刪家裡的部分也可以啊。只是這樣哈利表演的空間好像會少了一點。」

「那我們把家中的場景，換成哈利回到自己家中，輾轉難眠，爲內疚所苦，於是自己手工做了那個動章，如何？」

「好像效果不錯，還比原版強化了哈利的內疚。但是……」

「但是什麼？」

「好像沒有交代到伊格西家原本的情況，他們家原本看起來是個幸福的家庭，是因為父親死了，後來才變得很雜亂。如果少了這一場，好像他們家原本就是貧民窟一樣。」

老師挑起眉毛：「妳眞的進步了，非常敏銳。」

這麼明顯的讚美，反而讓我有點害羞，我抓抓鼻子：「所以原版的分場，算是編劇在種種考量之下，取捨的結果？」

「是的，所以才會說，**分場是最考驗編劇功力的階段**，因爲這同時要考量大框架，又要考慮小細節，無論是決定一個場景長什麼樣子，或是決定要刪除或保留，都會影響整個故事觀眾接收到的內容。國外的編劇會利用**便利貼**來研究分場，每張便利貼上寫一個重點，例如『交代勳章來源』『刻畫主角性格』『主角聯繫金士曼』等，再把這些便利貼彼此組合，試著寫成場景，如果場景寫出來不好，他們可能就會把便利貼打散重組，試著找到新的組合可能。」老師回到段落切分的話題：「但這是一個大工程，華人圈的工作進度比較趕，我會比較傾向用比較取巧的方式，用一張**待辦清單**，結合我剛才說的三**分法**來操作。」

「待辦清單？」

「就是必須交代的資訊，像妳剛剛說的，主角家原來的樣子，這個資訊不直接影響故事，但卻對角色有影響。我會先參考**角色小傳**和**故事大綱**，整理出一串必須被交代的細節**資訊**，做成待辦清單，這樣我在分場時，就不會漏掉一些該交代的東西。然後我會把段落統統切成**鋪陳**、**主戲**、**結果**三個場景，再檢查哪幾個場景可以**合併**，哪幾個場景可以把清單上的資訊放進去。」

「我怎麼知道哪幾個場景可以合併？」

老師沒回答我，卻丟給我另一個問題：「我們爲什麼需要**鋪陳**？」

「爲了把事情交代清楚？」

「爲什麼需要交代清楚？」

「爲了讓觀眾了解故事？」

「但像剛才說的，主角家原本就是貧民窟，和他家是因爲父親的死亡才淪落，對故事都沒有影響，爲什麼非交代清楚不可？」

「呃……」問題來來回回，我終於無力招架：「就覺得這樣**比較對**嘛，如果父親在或不在，主角家都一樣破，感覺父親就不是那麼重要了，多奇怪啊。」

「妳說對了。」

「咦？」老師誇得我莫名其妙。

「我們之所以要鋪陳，一個資訊之所以要讓觀眾知道，是因爲這樣會讓故事感覺更好，高潮更強烈，主戲的效果更突顯。『父親』在《金牌特務》中是一個重要的概念，如果父親不夠重要，故事的情感面就會打折扣。」

「你是說，**鋪陳是爲了讓戲變好看？**」我試著整理。

「一直都是如此。」老師講得像是我怎麼會不知道這件事：「我們從最開始討論故事曲線就提過，鋪陳是爲了讓高潮發揮最大的效果。鋪陳要交代角色的想要，而想要和阻礙是構成衝突的組合，想要越強，戲劇張力越大。我們也提過，利用鋪陳，可以讓機械神變成合理的翻轉。鋪陳要讓觀眾認識角色、認識故事，進入狀況，以上這些不都是爲了讓戲變好看嗎？在這些例子中，如果扣除鋪陳，戲不就變得不好看了？」

「你從來就沒有『鋪陳』過這些說明，不要講得理所當然好嗎？」

「好吧，妳現在知道了。總之，**我們之所以要鋪陳，不是非把設定的東西都講得**一清**二楚，而是因爲主戲需要，所以我們才做**。如果某些資訊幫不上忙，例如在《金牌特務》中，就算你設定了主角愛喝藍山咖啡、足球踢的位置是前鋒、有一個遠房親戚山姆大叔，都對故事不構成影響，所以有沒有交代都無所謂。」

「所以在段落切分時，鋪陳是爲了讓主戲效果更好。那**結果**呢？」

「**結果**是明確告訴觀眾，**主戲對角色產生了什麼影響**，所以大多數的抒情戲，都會放在**結果**的這個場景中，例如男女主角分手了，這是主戲，下一場通常都是他們走在街頭，或是在家裡發呆，哭哭哭。少了**結果**，會讓觀眾不容易理解角色的狀態。」看我皺著眉頭，老師自己做了個總結：「總之，**主戲**是段落中最重要的事件，多數是**發生變化**的部分。**鋪陳**是爲了讓主戲更好看。**結果**則是告訴觀眾主戲帶來的影響。」

「那我一定要合併嗎？能不能切開？把結果做兩個場景？」

「當然可以。三是一個基本盤，切成三的好處，是讓妳在分場時，不會漏掉一些該做的事。但如果妳每個段落都切成三段，整個故事會顯得很呆板，所以在妳**希望節奏變快**的部分，就**把場景**、**場次精簡或縮短**，在妳**希望節奏放慢**時，就**把場景**、**場次增加或拉長**，這樣你的故事節奏就會有變化，變得比較活潑。」

我突然獲得一些啓發，問了一個離題的問題：「所以在**挑戰關卡**階段，所謂『一連串的關卡』，其實也是三個關卡？」

老師笑了笑：「原則上是。無論是**立即困境**的一**路下降**也好，或是**挑戰關卡**的一**路上升**也好，都可以安排成三個段落。重點是第三個通常是變奏的那個，也就是兩個下降，第三個會到最慘，接著反彈，或是兩個上升，第三個會到高峰，準備下降。故事會加速，後段比前段緊湊，所以**潛在問題**和**最終挑戰**也可以做類似的規畫，但通常節奏上要比前段更快。不過這一切都只是原則，不是絕對，還是要看故事的內容。節奏快會吸引觀眾目光，但情緒感染力比較弱，節奏慢則相反，觀眾會比較容易感到無聊，但情緒感染力比較強。」

這簡直是個魔法數字，我在筆記本上畫了一個大大的「3」，還替它加上許多星星。

## 場景的元素

「了解完切分的問題，我們要來談談場景內容的問題。」老師看我似乎沒有問題了，就繼續往下：「場景的可能性千變萬化，沒有對錯，重點是能不能達到效果。我只提供一些考慮的準則和思考的元素。首先，**每個場景，都是一部小戲，有一條故事曲線，和自己的變化、衝突和焦點**。這部分妳先記下來，我們在之後講台詞時，再詳細說明。」

「每個場景，都是一部小戲。」我複誦。

「場景是由**時間**、**地點**、**情境**和**人**組成的事件，所以在思考時，這四個元素都應該列入考慮。有時僅僅只是變更其中一個選項，場景就會產生巨大的變化。」

超級抽象的。

「舉例來說，如果一頓在**高級餐廳**的**浪漫燭光晚餐**，把時間改到**中午**，還會一樣浪漫嗎？」

我搖頭，還有點想吐槽那應該叫燭光午餐。

「我們如果把地點從高級餐廳，移到家中的餐桌、海邊、路邊的小吃店，他們會說的話，過程中會發生的事，還會一樣嗎？」

「這就是時間和地點對場景設計的影響。」我覺得在小吃店裡的燭火晚餐，莫名的更有眞誠可愛的甜蜜感。

「這頓晚餐，可以是爲了慶生、求婚或是借錢，同樣的浪漫晚餐，在不同的情境下，也會變成不同的場景，但這些差異，並不會眞的影響你原來的故事。」

「不影響故事？」我不太理解，這幾件事明明就差別巨大。

「妳的這個**段落**，很可能是要讓男生向女生提分手。有的人在設計場景時，會安排他們像往常一樣在咖啡廳裡約會，女生感覺男生怪怪的，女生關心，男生提出分手。這樣設計很正常，但卻顯得很無趣。如果我們改成浪漫晚餐這個『應該要特別甜蜜』的情境，就會強化這個分手場景。」

「啊我懂了，在不影響整個故事大綱的情況下，可以找不同的理由，來做到**更有效果的場景**。女生訂了燭光晚餐想慶生，男生卻提分手，甚至女生訂了燭光晚餐其實是想主動求婚，居然……天啊，太慘了。」

「最後就是**人**，在這個場景中，前女友在不在場、父母在不在場、突然闖進了一個歹徒……角色不同了，能說的話，會發生的互動，也會變得不同。所以我們在設計場景時，藉由這四個方向，可以找到不同可能性的場景。」

「但這和段落切分一樣，可能性太多，怎麼知道怎樣選比較好呢？」

「幾個原則。第一，**自然連貫的會比較好**。雖然情境可以隨時自訂，但如果每個場景都抓一個情境，故事會顯得有點斷裂。有一些知名的作品本身雖然很獲好評，但這個斷裂的情況很明顯，例如《讓子彈飛》就是一個鮮明的例子，它的每個場景都很有意思，但連貫性也顯得很弱，觀眾經常會有一種『不確定演到哪裡了、情境跳來跳去』的感覺；

「第二，**功能越多越好**。一個場景理想上，應該能同時達成兩個以上的任務，例如同時推動劇情、同時展現角色性格、同時又能交代角色關係，這就是多個功能，像《穿著Prada的惡魔》的第一場，女主角去面試，整個場景替每個角色都亮了相，還推動了劇情，就是一個豐富的場景；

「第三，**複雜的情境勝過單純的情境**。以剛才分手的場景爲例，日常的約會提分手，是一個比較單純的情境，在求婚時被提，就比較複雜。對一個人又愛又恨、想說某件事卻沒辦法說、悲傷的時候卻必須笑、同時面對多個難題……這些都是複雜的情境；

「第四，**壓力越大越好**。情境帶給角色越大的壓力，場景會顯得越精彩，可能是環境的壓力，例如私下承認錯誤，和在公開場合承認錯誤，公開場合的壓力更大，也可能是時間上的壓力，或是風險承擔的壓力，同樣是要拆炸彈，爆了是死一個陌生人？還是會死一百個？是只有死自己？還是會有家人陪葬？

「第五，**考慮場景的視覺**。一段長篇的對話，兩個人在房間裡坐著聊，不如他們邊走邊聊，前者的視覺是呆板的，後者的視覺是流動、豐富的；而要表現角色鬱悶的心境時，封閉、擁擠的視覺比開闊的更適合，所以地點可能會選擇狹窄的房間，而不是一望無際的草原。

「第六，**考慮場景的變化**。如果連續好幾個場景都是緊張的，觀眾容易疲乏、失去緊張感。這就好像把手放在熱水裡久了，對熱度就會不敏感，但反過來，對冰冷的敏感度就會提高。所以常將快的場景與慢的穿插，緊的與鬆的穿插，人多的與人少的穿插，悲傷的與快樂的穿插，公眾的與私人的穿插，主線與副線穿插，白天與黑夜穿插……在設計上，也要因爲與前後場景的配合做調整。

「第七，**考慮表演可能的設計**。你設計了什麼環境，在寫對白和設計動作時，就會受限於那個環境。安排在家裡客廳對話，和安排他們在馬路上一邊騎車一邊對話，能夠做的表演是完全不同的。在小巷裡的對戰，和湖心木樁上的對戰，和道場裡的對戰，能夠做的表演是不同的。」

越說越複雜了……老師說的東西每一件都很有道理，但要考慮的事越來越多時，卻開始感覺越來越不知所措。

老師看穿了我的焦慮：「**劇本是改出來的**。而且也沒有要求每個場景都要符合這所有的要求，先用直覺切出段落，分出場景，之後再慢慢修改。我們如果眞的要完成最終的四十到六十個場景，實際寫過的可能有超過一百個，這是反覆修正調整的結果。妳現在還沒學到怎麼寫對白，有些東西還有點模糊，之後會越來越清楚。總之，把場景切出來，先把決定好的部分寫成大綱，類似像這樣。」

老師以前面《金牌特務》的例子，寫成大綱。

**3. 內景　伊格西家客廳　夜❸**

哈利帶來伊格西父親的死訊，並且留下勳章，表明如果未來伊格西家中有任何需要協助之處，透過勳章背後的電話，並講出暗語，便可聯繫到他。

「像這樣，寫出場景的資訊、需要交代的線索、實際發生的事等，作爲之後塡寫對白設計動作的依據，就是這個場景的大綱。從頭到尾寫完，就是所謂的**分場大綱**，類似像這樣。」

1. 外 恐怖分子基地 日

伊格西父親與哈利一同執行任務，伊格西父親犧牲，救了哈利。

2. 內 伊格西家客廳 夜

哈利帶來伊格西父親的死訊，並且留下勳章，表明如果未來伊格西家中有任何需要協助之處，透過勳章背後的電話，並講出暗語，便可聯繫到他。

3. 外 雪山別墅 日

金士曼特務蘭斯洛特前往營救亞諾教授，卻遭范倫坦所殺。

4. 內 金士曼裁縫店 日

哈利得知蘭斯洛特的死訊，前往金士曼的據點裁縫店聽取簡報，並且接下了蘭斯洛特未完的任務，追查亞諾教授綁架之謎與背後的陰謀。亞瑟宣布要徵選新的金士曼特務接替蘭斯洛特，他與哈利因為對於人選出身背景的價值差異發生爭執。

**5.內　伊格西家　夜**

伊格西的母親因丈夫的死而墮落，一名流氓成了伊格西的繼父，生了一個妹妹。伊格西被繼父羞辱，他氣憤委屈，卻無力反抗。

**6.內　黑王子酒吧　夜**

伊格西與朋友惹上繼父的小弟們，伊格西假意服從，實際上偷走了小弟的車鑰匙。

**7.外　倫敦街頭　夜**

伊格西開著偷來的車，與警方發生追逐，最後失事落網，他講義氣的要朋友逃走，自己留下承擔責任。

**8.內　警察局　日**

伊格西被告知即將入獄，決定打動章背後的電話求助，成功獲救的他，與哈利會面。

「記得，大綱中應該都要是**具體可表演的內容**，應該會有事件，有**角色做的事情與互**

**動**，不能只是**狀況的描述**，例如：他的單調日常。到了分場這個階段，就要確保設定的內容，都變成演出。前面提過的**抄劇本練習**，也可以只**抄分場大綱**，這樣就可以看到別人是怎麼分場的，從中學習。這種以作品爲師的能力非常重要，初學者需要多看，而且是以學習的心態去看，不是走馬看花。」

老師的麥仔茶，不知不覺已經來到第五罐了，在連續三個月磨練大綱的課程後，再度吸收如此暴量的資訊，確實有一點點吃不消。

「最後，我們談一下**場景的順序**。」

「還有啊？」我感覺頭頂已經在冒煙了。

## 場景的順序

「**場景順序**的概念很單純，雖然有各種變化，但原則其實妳在學故事曲線時應該都知道了，只是依過去的經驗，妳似乎不懂得活用，所以要做一點提醒。」

「是是是……」

「整部作品是一個巨大的故事曲線，整體是一個放大的過程，也就是說，在設計場景時，戲劇張力越大、角色風險越大、場景越盛大的，應該放在越後面。這也是爲什麼我說，場景設計雖然有原則，但不是每個場景都要做到最高標準的原因，因爲如果每個場景都很強烈，那作品就會失去層次，反而變得單調。但這個排序，又不僅僅只是單純的最小排前面，最大排後面。」

又要**從小排到大**，又不要**單純的**從小排到大？

「用圖來了解應該會比較清楚。」老師畫了一個熟悉的圖，並且圈出了幾個位置。

「打圈的地方，都是戲劇張力較大的高潮點。一般而言，三幕劇的每一幕都會有一個高潮，也就是圖上**實線圈**的地方，是劇情的重要轉折點，也是主角內在的重要轉變點。但因爲第二幕比較長，所以其實中間通常也會有一個高潮點，大約是影片一半的地方，差不多和W型結構的**挑戰關卡**最後一事件與**收獲戰果**重合的位置，也就是**虛線打圈**地方。另外，因爲開場很多人會習慣做一個較大的場面來吸引觀眾目光，所以開頭也有一個虛線圈起來的高潮點，有時甚至會利用倒敘法，把後面某個高潮點的場景，預先搬到這個位置。

「高潮點就是故事曲線的**翻轉**的位置，因此以每個高潮點爲目標，前面都會有一個**放大**的空間，也就是**箭號標示**的地方。你可以把這四個箭號，想像成是**主角成長的四個階段**，每次劇情往高潮點推，其實就是在利用情節去改變主角的信念，像《穿著Prada的惡魔》，四個階段就是『不接受時尚』『接受時尚』『失去自我』『尋回自我』，妳會發現劇情也是跟著這幾個階段在走的。

「**虛線箭號**代表的是整部戲本身也會有一個整體的放大，最大的事件放在最後面，角色承擔的風險和投入的努力，也隨著過程一路放大。所以才會說，整體是由小到大，但又不是單純的由小到大。」

老師停了停，繼續補充：「還有一個分場上的特殊規則，那就是『第一場』。」

「第一場？」

「**第一印象**是很重要的，無論是**故事**或**主要角色**，都應該有一個『對的亮相』，幫助觀眾理解故事和角色。所以在分場上，**第一場**應該能替整部作品定調，並且與作品題材有關。例如特務片的第一場，大多是特務在執行任務、如果題材是打籃球，第一場就應該和籃球有關。所以像《全面啓動》的第一場，是海邊（主角的最深層夢境）、嬉戲的孩子（主角的目標）、豪宅中的老人與他談論夢

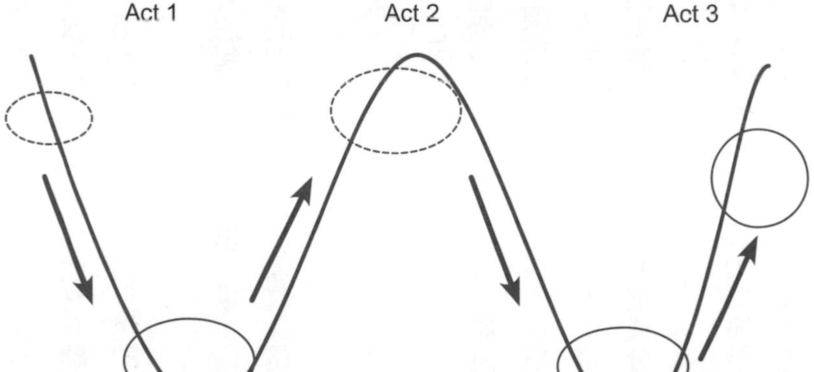

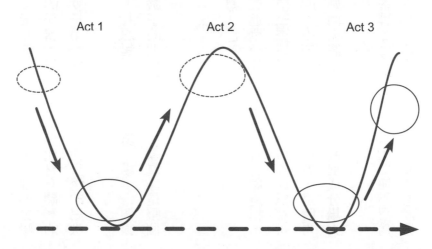

的話題（這場其實是高潮戲他到夢境更深處，去找極度老化的齋藤）。有人把這樣的分場法稱為**序場**，你會發現再下一場，編劇是安排夢境裡的任務，也是符合『與題材有關』的原則。主要角色在原則上，也會希望儘早出現（通常就是第一場），並且在初登場的場次中，就留下編劇希望觀眾接收到的角色形象。

「啊，所以我一登場，就是一身狼狽的蠢樣……」我想起了這本書的**第一場**，一個狼狽的傻妹闖入編劇講座，嚇壞編劇老師，老師反過來嚴肅的把傻妹逼哭……還真像是整個故事的縮影啊。

「這樣，對場景順序有初步的理解了吧？」

「我總覺得本來會的東西，被你說完，我反而不會了。」

「講歸納了大多數故事的理論都會覺得很難，但放進單一故事裡，因為有具體邏輯，就會變得比較單純。妳只要照著我們之前教過的東西去架構故事，會發現自然而然就符合理論，但越到細節，越容易冒出一些古怪的、偏題的、不知道怎麼解決的地方，這時再參考理論，會比較清楚狀況出在哪裡。這週的作業，妳回去**將之前的大綱，發展成分場大綱**，實際做過一遍，就會明白我的意思了。」

老師的眼神語氣，始終是理所當然的。無論我覺得是多麼艱難的要求，他從不認為我無法達成。他總是把這句話掛在嘴上：他沒有比我優秀，只是比我熟練。而事實也證明了，當下我覺得再不可能的任務，只要我開始去挑戰，我總會在三次五次失敗後，漸漸寫出一些像樣的東西，雖然不完美，但再也不是「不可能」了。

「看來，又要再練個三個月了。」我翻著今天做的筆記，吐了口大氣。雖然疲累，卻躍躍欲試。任何一個小細節都帶來巨大的影響，每個設計都有它的涵義，編劇眞的好有意思啊。

老師在結帳時，我向他致謝，他以爲我謝的是請吃飯這件事，但我是因爲他爲我放棄案子的事，我總覺得有點內疚。

「喔，那個啊，也沒什麼。」老師聳聳肩：「反正影視的案子來來去去，能走到最後的，十件也不見得有一件。更何況，妳也知道我不缺案子。」

「是什麼樣的案子啊？」我好奇。

「嗯……怎麼說呢？」老師邊說邊往門外走，我跟在一旁：「算是以前的一個夢想吧。」

「夢想？」我突然有點不安：「那不是很可惜嗎？」

「我早就死心了。」老師沒有回頭，逕自沒入夜色之中：「還記得嗎？編劇是一份沒有夢想的工作。」

眞的嗎？我們眞的可以不靠夢想，就這樣一直寫下去嗎？

當時的我，完全沒有想到，這個問題的答案，居然會帶來我最害怕的結果。

注❶：字幕，或稱「字卡」，不是指角色對白的字幕，而是出現在畫面中的文字。

注❷：這是標準的寫法，意指「Voice Over」，即「聲音蓋過畫面」的意思。一般坊間常說的「內心OS」，「OS」其實是另一個意思。因爲「OS」是兩個詞的縮寫，一個是「Overlapping Sound」，即「聲音重疊」與VO是同一個意思；另一個是「Off Screen」，即「畫外音」，意指在同一個時空中，畫面外的聲音，例如背後有人叫你的名字。爲了能區分差別，因此現在習慣上是用「VO」來表示旁白或內心OS，「OS」表示畫外音。但在華文世界的使用沒有這麼嚴謹，所以大家都混用。站在「看懂就好」的立場，你寫OS，大家也都看得懂。但寫VO，會顯得比較專業。

注❸：此處是簡化之前的劇本，因此標示的是場次3，次頁的分場大綱因爲是場景（第一個場景寫進劇本後，共有兩個場次），所以標示的是場景2。因此雖然是同一場，但標示不同，爲免混淆因此說明，實際在寫劇本時不需深究。

# —第八章—

# 沒說出口的話

## 每個場景都是部小戲

「上週在講場景設計時，有些東西我要妳先記下來，今天我們就要繼續。我們來談一下**對白**和**動作**的設計。」一週的時間很快過去，我和老師又在熱炒店相遇。

「妳怎麼啦？看起來心不在焉。」

「有……有嗎？」我從思緒中回神。

「眼睛看起來有點浮腫，沒睡好？」老師面無表情的關心。

「因爲分場的作業有點難，多花了一點時間……」我擠出笑容：「上課吧。」

老師似乎看出我在隱瞞些事情，但他只是沉默了幾秒，便繼續課程：「**大綱**、**分場**、**對白**，這三件事**相互影響**，雖然在流程上，我們是從大綱寫到對白，但很多時候，我們也會爲了要寫出特定的對白，**回頭**去修改分場甚至大綱。所以熟練的創作者在寫大綱時，其實同時就會考慮分場，在分場時，也會考慮對白和動作。所以雖然妳對分場還不熟，但我們還是先繼續往下理解清楚，這樣練起來會比較有感覺。」

「嗯。」我開始做筆記。

「我們先談**怎麼架構一個場景**。這是《全面啓動》裡的一個段落，由三個場景組成，我在上面標註了這些場景的**轉捩點**。」

1. 外　大樓屋頂　夜

△柯柏和亞瑟登上頂樓，準備搭直升機離開。

亞瑟：你要去哪裡？

柯柏：布宜諾斯艾利斯，先躲一陣子，等風聲沒那麼緊再找工作，你呢？

亞瑟：我要回美國。

柯柏：替我向你家人問好。

△直升機門開啟，齋藤居然坐在裡面。坐在齋藤對面，被綁著的是柯柏上次任務的夥伴。

齋藤：他出賣了你，為了活命跑來找我。我給你一個報仇的機會。

△遞給柯柏一把槍。

柯柏：我不是那種人。

△齋藤聽懂了，敲了敲窗戶。一名男子將柯柏的夥伴拖下直升機。

△齋藤用手勢示意他們上直升機。

△透過窗戶，柯柏看到被拖走的夥伴，無力絕望的掙扎。

柯柏：你打算對他做什麼？

齋藤：不做什麼。但我不知道康博工業會怎麼做。

△兩人交換一個不安的眼神。

△直升機駛向城市的夜空。

## 2.內 直升機艙 夜

柯柏：你要我們做什麼？

齋藤：植入想法。有這個可能嗎？

亞瑟：當然沒有。

齋藤：你們能從人的大腦偷走想法，為什麼不能植入想法？

亞瑟：我現在就可以在你腦中植入想法。我說「別去想大象」，你會想到什麼？

齋藤：大象。

亞瑟：對，但這不是你的想法，你知道這想法是我給你的。對象一定能追溯到想法的源頭，真正的想法是無法造假的。

柯柏：不一定。

△兩人感到意外。

齋藤：你能做到嗎？

柯柏：我可以選擇嗎？我可以自己對付康博工業。
齋藤：那代表你有選擇。
柯柏：我選擇離開。

3. 外 飛機停機場 夜

△直升機降落，遠處有一架噴射機。
齋藤：直接告訴駕駛你要去哪裡。
△兩人下直升機，走往噴射機。
齋藤：柯先生，你想不想回家？回美國？回你孩子身邊？
柯柏：你辦不到，誰都辦不到。
齋藤：就像植入想法一樣。
亞瑟：柯柏，走了。
△柯柏考慮，走向齋藤。
柯柏：你要植入的想法有多複雜？
齋藤：很簡單。
柯柏：想植入別人腦裡的想法絕對不簡單。

齋藤：我的對手是個瀕臨死亡的老人，他兒子很快就會接掌公司。我需要他下令解散他父親的公司。

亞瑟：柯柏，別淌渾水。

柯柏：（對亞瑟）等一下。（對齋藤）如果我要做，如果我真的要做，我需要保證。我怎麼知道你能讓我回家？

齋藤：你無法知道，但我就是可以。你想冒這個險嗎？還是想等你變成老頭，在後悔和孤獨當中等死？

△柯柏考慮，最後點頭。

齋藤：開始組隊。這次選得小心一點。

△齋藤關上門，直升機起飛離去。

「看得出來**轉捩點**指的是什麼嗎？」老師提問。

「呃……看起來是**發生變化**的地方。」

「是的。以故事曲線來理解，**轉捩點**就是**翻轉**的部分。故事原本走向某個地方，一個情況、一句話、一個決定，使故事轉了方向。還記得我說過，每個場景都是一部小戲嗎？

就像高潮是我們寫戲的焦點，**場景的焦點，就是轉捩點**，同時也常是一個場景存在的原因。」

「存在的原因？」

「就是你**非寫這個場景不可的理由**。無論是爲了表現角色性格、推動故事或是揭開秘密，你之所以要寫這個場景，一定是**爲了發揮某個功能**。如果沒有，那就應該**刪掉**。」

我試著回到範例上去理解：「這整個段落，是爲了讓柯柏接受齋藤的任務，場景1是爲了讓他們遇上，場景2是爲了交代植入想法的難度，場景3是爲了讓他接受任務。」

「不錯的理解。」老師點點頭：「原本在這三個場景前，齋藤是他們的目標，但他們任務失敗了，準備要逃亡，經由這個段落，他們化敵爲友，成了夥伴關係。還記得我們在故事曲線中提過的嗎？第二幕最後要……」

「**讓觀衆相信相反的事**。所以最後會接受任務，在第二個場景，柯柏拒絕了這個任務。」

「是的，所以妳會發現，我們學過的東西，其實都是給我們**布局的靈感**。我們可以讓齋藤來敲主角的房門，直接委託任務，但這樣效果不好。既然最後要化敵爲友，那就先從敵人開始做這個段落，讓齋藤帶著一個夥伴出現，創造危機感。這就是場景中『**人**』的選擇。在場景1裡，先讓他們閒聊逃亡之後的規畫，創造順利逃亡的氣氛，然後齋藤出現，氣氛轉爲緊張；場景2，齋藤丟出一個問題，植入想法可行嗎？藉由他與亞瑟的問答，創造出『不可行』的氛圍，再由柯柏一句『不一定』扭轉；場景3，原以爲柯柏拒絕了，齋藤卻提出了回家的可能性，柯柏在**三拍**的來回後，答應任務。」

「三拍？」

「對，**在對話上，一個來回算一拍**。這一樣是個基礎架構，不是鐵律，但非常常見在劇本中。我標給妳看。」老師在範例上標示拍子。

**1. 外 大樓屋頂 夜**

△柯柏和亞瑟登上頂樓，準備搭直升機離開。

亞瑟：你要去哪裡？

柯柏：布宜諾斯艾利斯，先躲一陣子。等風聲沒那麼緊再找工作，你呢？（第1拍）

亞瑟：我要回美國。

柯柏：替我向你家人問好。（第2拍）

△直升機門開啟，齋藤居然坐在裡面。坐在齋藤對面，被綁著的是柯柏上次任務的夥伴。（第3拍，變奏）

齋藤：他出賣了你，為了活命跑來找我。我給你一個報仇的機會。

△一把槍遞給柯柏。

柯柏：我不是那種人。

△齋藤聽懂了，敲了敲窗戶。一名男子將柯柏的夥伴拖下直升機。

△齋藤用手勢示意他們上直升機。

△透過窗戶，柯柏看到被拖走的夥伴，無力絕望的掙扎。

柯柏：你打算對他做什麼？

齋藤：不做什麼。但我不知道康博工業會怎麼做。

△兩人交換一個不安的眼神。

△直升機駛向城市的夜空。

**2. 內　直升機艙　夜**

柯柏：你要我們做什麼？

齋藤：植入想法。有這個可能嗎？

亞瑟：當然沒有。（第1拍）

齋藤：你們能從人的大腦偷走想法，為什麼不能植入想法？

亞瑟：我現在就可以在你腦中植入想法。我說「別去想大象」，你會想到什麼？

齋藤：大象。（第2拍）

亞瑟：對，但這不是你的想法，你知道這想法是我給你的。對象一定能追溯到想法的源頭，真正的想法是無法造假的。

柯柏：不一定。（第3拍，變奏）

△兩人感到意外。

齋藤：你能做到嗎？

柯柏：我可以選擇嗎？我可以自己對付康博工業。

齋藤：那代表你有選擇。

柯柏：我選擇離開。

### 3. 外　飛機停機場　夜

△直升機降落，遠處有一架噴射機。

齋藤：直接告訴駕駛你要去哪裡。

△兩人下直升機，走往噴射機。

齋藤：柯先生，你想不想回家？回美國？回你孩子身邊？

柯柏：你辦不到，誰都辦不到。

齋藤：就像植入想法一樣。
亞瑟：柯柏，走了。
△柯柏考慮，走向齋藤。
柯柏：你要植入的想法有多複雜？（第1次考慮）
齋藤：很簡單。
柯柏：想植入別人腦裡的想法絕對不簡單。
齋藤：我的對手是個瀕臨死亡的老人，他兒子很快就會接掌公司。我需要他下令解散他父親的公司。
亞瑟：柯柏，別淌渾水。
柯柏：（對亞瑟）等一下。（對齋藤）如果我要做，如果我真的要做，我需要保證。我怎麼知道你能讓我回家？（第2次考慮）
齋藤：你無法知道，但我就是可以。你想冒這個險嗎？還是想等你變成老頭，在後悔和孤獨當中等死？
△柯柏考慮，最後點頭。（第3拍，變奏）
齋藤：開始組隊。這次選得小心一點。
△齋藤關上門，直升機起飛離去。

「眞的耶，三拍無所不在。」我再次感受到這個魔法數字的神奇。

「這個教法，是從**技術的角度**來討論場景的寫法，但劇本不會只有技術，裡面的角色是活的，我們同時也要從**角色的角度**來考慮場景怎麼寫。就像我們之前說的，一部戲是由角色的**想要**來推動的，在一個場景中也是一樣。**整部戲的想要**，和**一個場景的想要**，是一個像這樣子的關係。」

「**最核心的部分，是與故事主旨相關的角色需要**，就像《穿著Prada的惡魔》，主角最終是要替自己做決定，找到自己的價值，只要主角完成了這件事，故事基本上就結束了，但這件事主角是不自覺的，她並不知道這才是最核心的，她在劇中，是被中間這個**每階段的想要**所引導，她一開始，是想找個將就的工作，接下來她決定不要被米蘭達打敗，再來她想要拯救米蘭達，最後她想要找回自己的人生。爲了完成這些**階段的想要**，在每個場景之中，又會再有**場景目標**，也就是**每個場景裡本身的想要**，她要通過面試、買到咖啡、叫到噴射機、拿到《哈利波特》的原稿……這樣一層一層，需

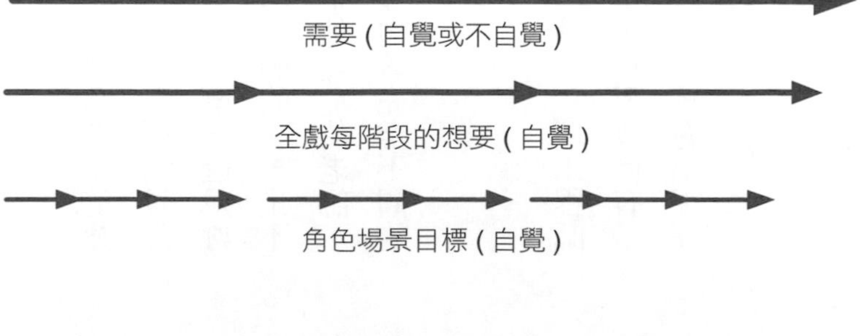

要影響想要，想要影響場景目標。」

「爲什麼要弄得這麼複雜？」我有點暈頭轉向。

「因爲眞實人生就是這麼複雜。」老師指著我：「就像妳，妳爲什麼會乖乖坐在這裡聽這些讓妳頭大的東西，而不是去唱歌、打遊戲或是到深山裡打坐？因爲妳想理解場景怎麼設計，對白怎麼寫。但妳爲什麼想理解？因爲妳**想**當編劇。爲什麼妳想當編劇？因爲妳覺得當編劇，能夠實現妳生命中的**渴望**。一個生命中的渴望是成爲光劍鑄造師的人，是不會坐在這裡聽課的。妳老爸當時坐下來，是因爲他**愛他的女兒**，他**想**知道他女兒的老師，是不是足夠可靠。所以妳看，同樣坐在熱炒店裡上編劇課的兩個人，可以抱著完全不同的想法，自然就會產生不同的行爲和反應。」

我好像比較理解了。

「從**需要**、**想要**去檢查，就可以合理的**場景目標**，讓一個光劍鑄造師、一個工程師坐下來聽編劇課，可見我們可以讓**任何人**，出現在**任何場景**中，做**任何事**，只要我們有給他**設定對的內在**、**對的理由**。所以寫一個場景，要去關心角色的**動機**，他爲什麼會出現在這？爲什麼會做這件事？爲什麼會說這句話？這是**對白和動作設計的基礎**。」

「也就是說，每個角色會出現在場景中，一定有他的理由？」

「對，因爲**劇情需要**、**效果需要**這些『編劇的理由』，我們常『被迫』讓一個角色出現在場景中。但光有『編劇的理由』是不夠的，要有『他』的理由，也就是**角色自己的理由**。」

「啊，之前在談戲的**外部內部**時，好像有討論過這件事。」

「所以才說，**一個場景就像一部小戲**啊。所有在大方向我們談過的東西，在場景當中也一樣適用，甚至有時一個場景很大時，也會考慮到分場和支線的問題。」

「**場景裡**的**分場**和**支線**？」

「以《金牌特務》中，亞瑟在裁縫店宣布要選拔新任蘭斯洛特舉行的那個場景爲例，這個場景同時處理了**選拔**、**任務**、**哈利與亞瑟在金士曼資格認定上意見**的不合三件事。而實際上，這三件事並沒有被混在一起，而是**有次序**的出現，先以敬酒開場，追思蘭斯洛特，宣布選拔；梅林出現，開始簡報蘭斯洛特的死因，交代任務；哈利離開前，與亞瑟一言不合，帶出兩人價值觀的落差。同樣的概念在《穿著 Prada 的惡魔》開場也存在，首先讓艾蜜莉面試主角，帶出主角和艾蜜莉的性格；再來米蘭達亮相，引起辦公室騷動，突顯她的性格；最後，米蘭達面試主角，交代主角背景和性格，並且讓主角通過面試，推動劇情。這幾件事雖然都在**同一個場景**，但其實又可以區隔成**不同的小場景**。」

「那**支線**是怎麼回事？」

「一般場景的架構，就像前面《全面啓動》的例子，可以看出故事曲線，鋪陳、放大、翻轉的軌跡。但有些場景，**先天上**特別難做這個軌跡，有時就會利用**支線**的技巧。例如像《穿著Prada的惡魔》中，主角被米蘭達要求去找《哈利波特》未出版原稿的場景，就是特別難做的一個場景，困難的地方在於，主角**在鋪陳時就絕望了**。」

「這樣爲什麼難做？」

「因爲做不出故事曲線啊。主角一開始被要求要找原稿，不知所措，完全不知道可以從何下手。編劇給她唯一的救命繩，就是她的偶像作家，她馬上打電話給他，任務就解決了，那場景也結束了。有發現嗎？這是一個**平平的場景，沒有層次，沒有起伏**。」

「確實，是一個好沒危機感的危機。」

「妳有印象實際上編劇是怎麼寫那個場景的嗎？」

「嗯……她被告知要找原稿，不知所措，接著又被要求要在十五分鐘內，買一塊牛排給米蘭達當午餐。她衝出去買牛排，在等待過程中，看見路上偶像新書的廣告，於是打電話去求救，但作家告訴她，這是不可能的。她帶著牛排衝回辦公室，米蘭達卻裝傻說她沒有要吃這個，主角氣得將牛排扔掉，打電話給男朋友說她打算辭職。就在此時，她接到作家打來的電話，他透過朋友的朋友，成功拿到了原稿的備份，主角順利解決任務，讓米蘭達另眼相看。」

「有發現支線了？」

「你是說……**牛排**？」

「是的，**牛排**是一個巧妙的安排，它擺明不會寫進大綱裡，對故事也沒有任何影響，但在這個場景中，卻起到了關鍵作用。我們說過，絕望有兩種，一種是離想要最遠，一種是最近卻失敗，哈利波特是前者，牛排就是後者。編劇利用牛排做了一個故事曲線，讓主角可以先爲牛排努力，卻在完成任務後失望，創造出絕望。牛排的支線也讓主角與作家的電話可以切成兩通，因爲觀眾很可能第一時間就想到解決辦法是作家，他是唯一和出版社有關的角色，透過第一通電話，讓觀眾以爲此路不通，用牛排支線做出時間差，產生翻轉，是一個很聰明的設計。」

「這就像之前說的，當主線有所不足時，可以利用支線。」

「是的，**所有妳學過的故事技巧，都可以用在架構場景上**。我做個簡單的總整理。首先，我們完成了**分場大綱**，找到這個場景**主要的內容**，如果資訊量太大，就試著把它拆分成大場景中的多個小場景。再來，考慮**衝突**，找到角色在場景中的**目標**，替他尋找**對立面**。第三，**做出故事曲線**，一個簡單的操作，就是讓場景**用相反的方式開頭**，最後要順利，開頭便不順利，最後要傷心，開頭就先開心，然後一路推動到**轉捩點**。妳可以回頭看看前面的一些範例，無論是《金牌特務》或是《全面啓動》的場景，都符合這個結構。」

「但如果一個場景的目的，只是爲了鋪陳交代一些資訊呢？例如像《金牌特務》那場宣布選拔的戲，好像就沒有那麼明顯的轉捩點和劇情推動。像《穿著 Prada 的惡魔》面試完之後，和朋友喝酒的場景，好像也是鋪陳為主，看不出轉捩點。」我提出反例，試著弄清其中的差異。

「這是個好問題。在理想上，**每個場景都應該有衝突和變化**，但實際上要做到百分之百，確實有難度。我們要解決鋪陳、過場、邏輯上需要交代但實際上沒什麼戲之類的場景，想要它變得比較好看，不拖累整部作品，基本上是四個原則。

第一，**放入衝突**。無論是與其他有衝突的場景合併，或是創造新的衝突，有衝突才有戲。例如像《金牌特務》給動章的場景範例中，這在功能上，其實也是一個資訊交代場，如果哈利給了伊格西母親動章，母親就收下，或他第一時間就把動章交給伊格西，那這個場景就沒有戲。放入衝突的意思，是我們找到角色的**想要**——哈利想要彌補自己犯的錯——並且**給予阻礙**。所以編劇安排母親拒絕了動章，哈利只好轉往伊格西。在妳剛才提到的選拔場，也是加入了亞瑟兩人價值觀的衝突。

第二，**增加趣味度**。**有趣的對話**、**行為**、**設定**，或是**視覺上的奇觀**，在沒有衝突的情況下，也可以增強場景的吸引力。《金牌特務》剛才的選拔場，在敬酒時，並不是所有人都在場，而是透過眼鏡的立體投影，全員參與，這便是一種趣味化的安排。中段哈利與范倫坦的王見王，編劇安排他們吃麥當勞，也是一種趣味化的設計。他們的談話本身，其實沒有太多資訊的提供，這就是邏輯上必須交代，但實際上沒什麼戲的場景。這場景眞正推動劇情的，是他們會面後，各自掌握的新線索，所以你不能刪掉這個景，但會面本身是沒有什麼戲的，於是編劇利用大麥克，以及哈利講反派好話，范倫坦講特務好話的矛盾，創造趣味性。《全面啓動》中，經典的都市捲曲場景，也是在講解夢境原理時提供的奇觀。

第三，**精簡**。讓沒有戲卻不得不存在的場景，越短越好。

第四，**切碎**。把複雜的、大量的鋪陳，切碎，**分成多次交代**。《全面啓動》關於夢境的設定，龐大而複雜，主角柯柏身上帶的陀螺的功能，要解釋也很複雜，但編劇並沒有一口氣把這些交代完，而是從開場開始，一點一點，有耐性的將這些內容切碎，合併進其他場景中，這樣觀眾在觀賞劇情的同時，才能一點一點消化吸收這些概念，又不會乏味。

但儘管如此，**鋪陳場景**本身還是有**翻轉**存在，看起來才會有戲劇感。在妳剛才說的《穿著Prada的惡魔》朋友喝酒場，編劇用了趣味化的技巧，並且設計了一個介紹工作的翻轉，讓所有人都不滿意自己的工作，只有一個人說他在做夢想中的工作——但很抱歉，其實他的工作也一樣鳥。《金牌特務》中的選拔場，三個區塊之間的**話題轉換**，其實就是**轉捩點**。或許我換個說法，會更容易釐清轉捩點的概念。**每個場景都有一個目的**、**一個重點**，而這個重點如果放在故事曲線**翻轉**的這個位置，**效果最好**、**最明顯**，所以我們這樣安排。我們之所以要做故事曲線，也是因爲這樣的戲劇效果最好。但如果做不出來，也不是什麼大問題。就好比選拔場最後，哈利最後的點題：『權貴不會永遠是權貴』，以邏輯來看，他說的就算是『不和你爭了，時間會證明一切』，場景結束，其實也成立。但因爲場景結尾的**最後一句**，也是**最明顯**的地方，如果只是爲結束而結束，有點可惜，所以編劇安排了一句**點出全劇重點的台詞**。或反過來說，編劇就是想寫那句台詞，那理想上要嘛我們做一個轉捩點把它放上去，如果做不出來呢？那就放結尾吧，也一樣有強調的效果。」

我消化咀嚼著老師翻來覆去的講解，發現到老師常常強調一個觀點：**規則的背後有原理，我們應該去了解、利用那個原理，而不是被規則束縛**。他總是說，不知道怎麼寫時，你可以照這個規則這樣這樣、但如果有個東西你很想寫，那反過來你也可以那樣那樣來符合規則。如果做不到呢？那看有沒有能達成效果的替代方案，如果想不到，就先這樣吧，儘管是名作，也有不足之處，像《我和我的冠軍女兒》，就犯了老師說的**觀點問題**，旁白是從表哥出發的，劇情卻不是表哥的觀點，但因爲其他的部分操作得夠好，瑕不掩瑜。而且其實一般觀眾根本不會留意這個失誤，除非是拿去投獎，評審才可能挑毛病。

「講完了**架構**，接下來就是**對白與動作設計**了。」老師今天點了一個神奇的東西，是雪花冰。雖然已經六月，天氣越來越熱，但**熱炒店裡爲什麼會有雪花冰？**儘管是熱愛混搭風的屏東，這個組合也是很罕見。

又把麥仔茶當水喝，又在大餐後吃雪花冰，這樣還不發胖，所以當編劇可以減肥嗎？

我捏捏自己腰側的肥肉，感慨自己似乎還不夠努力。

「老師，你是不是很愛吃甜食啊？」

「大腦思考需要熱量。」老師答得似是而非。

「喜不喜歡和這個沒關係吧。」

「姑且，算是常吃吧。」依然是不直接的回答。

「那……你生活，開心嗎？」

「不想上課啦？」

想上課，想一直一直這樣上下去。

但更在乎，幫我上著課的你。

或許老師，其實並不快樂。機械化的生產劇本，過著苦行僧一樣的生活，而唯一的興趣嗜好，也成了工作的一部分。人們都說，興趣能與工作結合，是最好的，但我在老師身上卻看不到這樣的跡象。

糖分是一種燃料，會不會除了生理上的意義，同時也是精神上的？

不吃點讓自己快樂的東西，無論如何都走不下去了。

「想上，恨不得今天就把所有的東西學完。」我用力的將話擠出口，不讓聲音聽起來哽咽。

「那就別閒聊，專心一點。」老師翻著那只有煉乳、沒有其他料的冰：「寫劇本，要認識兩個重要的概念，第一，**對白等於動作**，第二，**潛台詞決定台詞**。」

「兩個……都沒聽懂。什麼是**潛台詞**？」我好像聽過這個詞。

「**潛台詞就是沒說出口的台詞，眞正的台詞。**」

## 台詞，潛的比較好

老師的解答就像是在說「鳳梨酥就是有鳳梨的酥，一種常見的酥」，好像解釋了，但其實並沒有讓人更懂。我只好追問：「那潛台詞要怎麼寫？」

「**沒辦法寫**。又沒說出口，是要寫什麼？」

「你確定要這樣跟我猜謎嗎？」他明明知道我聽不懂。

「潛台詞就是角色**眞正想表達的**，是**場景設計決定的**，是**設定出來的**。」老師努力解釋：「它有點像動機，但又不是動機，**動機在潛台詞前面**。」

眼看我臉上的疑惑越來越扭曲，老師只好拿出實例：「妳看我們之前《全面啓動》的範例。」

老師指著場景1的後半段。

齋藤：他出賣了你，為了活命跑來找我。我給你一個報仇的機會。
△遞給柯柏一把槍。
柯柏：我不是那種人。
△齋藤聽懂了，敲了敲窗戶。一名男子將柯柏的夥伴拖下直升機。

「當齋藤說：『我給你一個報仇的機會。』時，爲什麼柯柏要回答『我不是那種人』？

齋藤聽懂了，他又聽懂了什麼？」

「因爲柯柏看到遞給他的槍，知道齋藤想叫他殺了背叛的夥伴，但他不想殺。」

「答對了。可是明明就沒寫在劇本裡，妳是怎麼知道的？」

我好像理解潛台詞的意思了，確實是情境決定的，沒寫出來的，不能說是動機，但又受動機影響，而且是角色眞正的意思。

老師似乎從我的表情中看出我有所體會，他又進一步解說：「那如果我們修改一下劇本，把潛台詞寫出來，會發生什麼事？」

齋藤：他出賣了你，為了活命跑來找我。要不要殺他報仇，你自己決定。
柯柏：我不想殺。
齋藤：好，那我就自己解決他。（對手下）把他帶走。

我看來看去，看不出差異。

老師看我盯著範例不動，要我**唸出聲音來**，並且跟著三角形的指示表演。我照做了，開始有點感覺：「好像**直接說出來，感覺比較無趣**。」

老師點頭肯定：「是的，這就是有趣的地方，比起**直接告訴我們**的訊息，我們更喜歡**自己判斷出來**的訊息，一個是**別人告訴我們的**，一個是我們感覺到的。在閱讀上，有潛台詞的對白，會稍微比沒有潛台詞的對白容易讀，因爲不太需要想像力的介入，但實際上，拍攝出來的結果，因爲有畫面和演員表演的輔助，所以反而會覺得沒有潛台詞的對白有一點無聊，甚至不太自然。」

「這個有點微妙，不實際演、實際唸，想像一下拍出來的樣子，眞的無法理解。」

「這個需要練習，**抄劇本**會幫到這件事。妳有看過作品，劇本會比較容易讀，因爲妳有現成的畫面輔助，但那其實是導演和演員**已經詮釋過的版本**。要練習關掉腦中現成的畫面，眞的去唸過、去表演、去感受，才會更有體會，並且從中**尋找自己的詮釋**。劇本不是小說，劇本是拿來演的。」

「所以編劇應該要學表演？」

「理想上可以學基本的概念，去了解演員在想什麼。生活經驗豐富的編劇，可以從自身經驗去設身處地想像，但如果與人相處的經驗比較缺乏，確實可以靠表演課程來加強。但這兩者是相輔相成，畢竟生活經驗也能加強表演，而表演的概念可以幫助妳在生活中留意更多細節。更進一步說，其實編劇如果能到片場實際去感受一下拍片的情況、流程會更好，因爲這樣會對自己寫出來的東西能不能執行、好不好執行，更有想法。」

「但我不可能有這樣的機會啊……」屛東什麼都沒有。

「**沒有也沒關係**。有另一派的說法是，**理解太多，反而限制想像**。我的個性是知道越多越好，能用的武器越多越好。但裝備越多，可能反而行動不便，就算不知道，也有不知道的優勢，所以各有各的好。」

「好喔。」算是有被安慰到。

「我們回到範例，底下『齋藤用手勢示意他們上直升機』，改成『齋藤：上來。』，妳覺得有差別嗎？」

「呃……這個好像就沒差。」

「這就是我說的，**動作等於對白**。我們日常生活中，其實有百分之八十以上的溝通，不是透過語言，而是透過**表情**、**肢體**、**聲音**、**彼此的關係**和**文化背景知識**來傳達的，朋友之間，有時只要一個眼神，就知道對方的意思。這些都是演員表演的空間，演員會在讀完劇本後，**從中去分析這些東西和背後的潛台詞**，來做出自己的詮釋。」

「理解。」這個倒很簡單。

「反過來說，**對白也等於動作**。我們說話，並不眞的**只是想說話**，說話背後會有目的，可能是爲了消遣、哀求、威脅、說服、命令、傳達情緒……這個目的便是**潛台詞**，所以才說**潛台詞決定台詞**，而當潛台詞決定了，就算不說話，改成動作，其實也可以。」

「但動作和對白，眞的完全一樣嗎？因爲如果整部片都完全不說話，好像有點奇怪，雖然是有默劇啦……」

「雖然概念上是一樣，但實際上確實有差。動作和對白有幾個差異，首先，在拍攝上，**動作的時間短，對白的時間長**。要表達一個人恨對方，一個眼神只要一秒，一句話可能要三秒。在華人劇本格式上，三角形和對白占的空間一樣，是一個缺點，但也沒辦法，只能自己留意。所以如果希望場景精簡，可以考慮多把對白改成動作。這也是爲什麼短片和電影動作通常比較多，電視劇的對白比較多，其實和長度差異有關。

「第二，**動作比較直接**、**原始**，**對白則比較婉轉**、**文明**。通常在教育程度和社會階層比較低、個性比較粗野、情緒比較強烈、關係比較親近或是權力比較高的時候，會偏向用動作，反過來則是偏向使用語言。

「第三，**動作和對白並存時，我們傾向相信動作才是眞的**。想像一下，一個人說他不生氣，但拳頭卻捏很緊，妳會覺得他是生氣還不生氣？**動作和語言的不一致**，也常是可以用來藏潛台詞的方式。」

「你說，**藏**潛台詞？」老師又說了謎一樣的話。

「如果潛台詞不能寫出來，我們怎麼**讓觀衆知道**在台詞底下有潛台詞？又該怎麼去讓觀眾意識到，妳安排的潛台詞是什麼？」

「不是說是靠**情境**嗎？」

「那前面直說的版本，和原版的情境一模一樣，爲什麼直說的版本『沒有潛台詞』，原版卻有？」

「因爲……因爲……」我覺得我陷在某個繞口令裡：「情境一樣，代表潛台詞是一樣的，那爲什麼一個有，一個沒有……？」

「因爲**被說出來了**。」老師公布解答：「嚴格來說，直說版不是『沒有潛台詞』，而是『把潛台詞直接說出來了』。就好像一個謎題，直接公布答案，就不算謎題了。所以『要怎麼創造有潛台詞的台詞』？答案很簡單，就是**不要直說**。」

「聽起來……很容易？」

「魔術的原理被解開，當然就不神奇了。我手上的硬幣爲什麼不見了？因爲我趁妳不注意，把它藏起來了。但**到底要怎麼做到**？這才是最難的地方。」

「所以才會有所謂『藏』潛台詞的方法。」

「是的，**不直說，但又要能讓觀衆察覺**，這是人與人溝通最有趣的地方，其中的可能性千變萬化。但如果這樣說，就等於把問題丟給妳，要妳多去觀察、多與人相處、多用心生活，而妳每次創作，也只能期待靈感。我希望能提供一個方法流程，讓妳在還不熟練時，可以在發想時有些依據。所以寫台詞的第一件事，就是**先不要管潛台詞**。」

「咦？」

「把情境確定，從角色出發，看角色該說什麼，該做什麼，就照妳的直覺想法去寫，**寫完我們再回頭改**。寫台詞的第一要務，就是要寫得**自然**、**口語**，**像人話**。第二要務，要是**以角色的立場出發**，他願意說的、有動機說的才能寫，而不是把角色當傳聲筒，編劇要說什麼，硬塞進角色嘴裡。做到這兩點，基本上，就有八十分了。」

「這樣就八十分？」怎麼感覺老師的標準一下變低了。

「妳**按照大綱**、**分場**、**場景設計這個流程做**的話，**對白只要不失分**，**就足夠得分了**。有點像如果妳天生長得美、皮膚好，上個口紅就夠好看了，一樣的概念。」

「但像角色性格什麼的，不用考慮嗎？」

「**不要依賴對白去塑造角色**。如果一個人每次都背叛朋友、做事不負責任，無論他是愛罵髒話、瓊瑤文藝腔、結結巴巴還是中英交雜，他的個性都是一樣的。在W結構中的**原來世界**，就是要**安排能表現角色特質的場景和事件**，來帶出角色的能力、性格、身分等特質。對白的風格，就像角色的長相一樣，可以與內在性格無關、可以矛盾增加立體性，也可以相符，但都是表面的裝飾而已。千萬不要掉入『粗暴的人要怎麼說話』『教授要怎麼說話』這種陷阱裡，流氓也有長相斯文的，也有談吐有深度的，**自然、有動機最重要**。」

「不失分，就得分。」我重複。

「妳可能會寫出一個冗長、贅詞很多、直白沒韻味的**初稿**，但不要在意，能先**完成**初稿最重要。但妳不要急著到處拿給別人看，要開始自己**檢查自己劇本的問題**，完整的唸過一遍妳的場景，像剛才那樣，唸出聲音，自己演演看。

有一些地方要特別留意，第一個是**人名**。我們其實在日常生活中，不會一直叫對方的名字或稱呼，一直爸爸爸爸姊姊姊姊的叫，是很不自然的。

第二個是**長句**。一個句子如果**超過兩個逗點（即三個逗點以上）**，也不太自然。我們日常對話，其實都不會用太長的句子，我們甚至會因爲要解釋的事情太多，乾脆『不說了』。就算眞的有比較長的句子出現，也常會被對方打斷，因爲對方已經聽出妳想表達的事情了。

第三是**押韻**，或是**特別文辭華麗的句子**。中文的**書面體**和**口語**很不一樣，有很多句子寫起來很好看，但放在對話就很不自然。例如：『就這樣靜靜陪著妳，不去講更多的言語』或者『不做深宮的玫瑰，只想在塵世裡妖豔』。有沒有發現這些好像很有感覺的**文案**，其實都不像**台詞**？最多最多也只能算是古裝劇的台詞，但一樣有一種『假掰感』。這個妳在自己唸劇本時，應該就會發現了，但特別提醒，以免妳覺得自己寫得太好，**捨不得刪**。」

「我才不會咧。」

「但凡事沒有絕對，我們還是有機會在特別強調時，叫對方的名字。也有機會聽對方說大段大段的話，或是故意講一些美美的台詞，一切要看情境決定，所以特別留意這些常犯的錯，但不是說絕不能用。

「最後是**過多的舞台指示**。有些人喜歡把每一句台詞都註明應該怎麼表演，這句要（失望），那句要（開心地），這些都是**把演員當笨蛋的寫法**，會把演員逼瘋。如果妳的台詞是『眞可惜』，演員自然就會演成失望，如果台詞是『今天天氣眞好』，演員自然會演開心。不要去註記**理所當然**的東西。我們只會在**必須**特別指示，創造與字面上相反的含意時，才會去註記表演。例如：『（開心）眞可惜。』或『（失望）今天天氣眞好。』，同樣的，△的運用，什麼表演要標，什麼表演不標也是這樣的原則。例如在《金牌特務》的範例場景中，爲什麼要特別標出伊格西把玩具交給哈利？」

「因爲哈利說：『可以借我看看嗎？』伊格西如果**不給**，就代表伊格西不喜歡哈利。伊格西**給了**，代表他並沒有因爲媽媽哭了，就討厭哈利。這是不是就是**潛台詞**的運用？」

「答對了。我們不可能把**每一句台詞**都做到『不直說』，事實上大多數時候，角色都會直說他們的想法，不然整部戲就看不懂了。我們會尋找一些特定的地方，來操作潛台詞，通常是劇本中**表達關係**、**態度**、**需要強調**、**有重要情緒的部分**。另一種情況，是**理所當然的回答**。」

「理所當然的回答？」

「『吃飽了嗎？』『**吃飽了**。』這就是理所當然的回答。這樣寫沒錯，但就是比較無趣，所以我們可能會把回答改成**點點頭**，或是：『**早就吃飽了**。』或是：『**我還想吃，但眞的太撐了**。』」

「咦？這幾個改法，態度好像不太一樣？」

「是的，**放入態度**、**角色關係**、**角色性格資訊等**，就是第一種『不直說』的方式。是不是比『（不耐煩）吃飽了。』『（滿足的）吃飽了。』的寫法，更生動一些？」

「嗯……微妙。」

「避開理所當然的回答，同時就是我們**可以鋪陳資訊的空間**。例如把『吃飽了』的直接回答，改成『我姊來了嗎？』或『剩的我可以拿去餵波波嗎？』，就帶出了**角色的人際關係**、**想法等**，反正角色到底有沒有吃飽，也不見得是重要的問題，與其老實回答，還不如拿來做更多利用。

「第二種『不直說』，就是**改成動作**。把無趣的回應或想加強的部分改成動作，比如『你愛我嗎？』，可以回答『愛』，也可以改成不回答，直接撲上去擁抱。

「第三種是**說反話**。明明愛對方，卻硬要說討厭、硬要罵人。說的話與行為不一致，就是一種說反話，或明明全身都在發抖，卻說自己不怕；嘴巴上說不要對方的錢，手卻已經把錢收進口袋裡了。

「第四種，**故意誇張**。『他爲什麼還沒來？死了嗎？』『你愛我嗎？』『做鬼都不會放過妳。』都是誇張化，一個尖酸，一個頑皮，不同角色性格都可能用上誇張，『腿都不是自己的了』，也是把『累』藉由誇張化變成了不直說。

「第五種是**找其他的主題進行包裝**。兩個人談分手，故意不讓他們直接聊感情，而是把他們安排在動物園中，讓他們聊動物的習性，不想分手的，講著什麼動物特別忠誠，伴侶死了就終生守寡；打算分手的，講著什麼動物會見死不救，如果另一半受傷了，就會直接遺棄牠，另外找更好的伴侶。表面上是在講動物，其實代表的都是他們彼此說服的過程。

「第六種，**場景間的矛盾**。上一場我們才看到他背叛了女朋友，這一場女朋友問：『你愛我嗎？』他單單說『當然愛』，就是有潛台詞的狀態。

「第七種，**道具或規則的設定**。在一些重點戲上，我們可以預先做鋪陳，設定一些特定的動作，來賦予行爲或台詞特別的意義。例如《駭客任務》中的紅藥丸、藍藥丸，一個代表虛幻但快樂，一個代表清醒但痛苦，我們不用讓主角大聲宣告他的選擇，他拿了哪個藥丸，就說明了一切；《穿著 Prada 的惡魔》中，米蘭達一直都叫主角『艾蜜莉』，直到她認同了主角，才叫主角的本名，這個細節設定，讓米蘭達不用尷尬的說出：『我認同妳了。』這樣無趣又不自然的台詞；女主角和男主角事先約好了一整天都要說反話，等到高潮時刻，兩人生離死別，女主角問：『你愛我嗎？』男主角回答：『我恨死妳了。全世界我只恨妳一個。』，利用規定，把原本直白的告白，變成了有潛台詞的安排。」

「哇……最後這個，很會耶。」我不禁讚嘆。

「有發現運用潛台詞的設計，比寫出華麗的名言還來得有效了吧？」

「但是，還是會想學怎麼寫那種『這句話說得眞好』的經典台詞啊……」我不禁嘀咕。

## 錦上添花的經典台詞

「也不是不能寫啦。」老師嘆了口氣：「只要不違反自然的原則，經典台詞本身也沒什麼問題。」

「那你應該也有寫出經典台詞的方法吧？」

「有是有，下次吧。」老師看了下時間：「但今天感覺晚了。」

「沒關係啦，告訴我嘛。」我故意撒嬌。

回家之後，老師就剩下一個人了。

或許，老師之所以要每週這樣請我吃飯、給我上課，是因爲能與人分享編劇的點點滴滴，才是他唯一開心的時候？我如此幻想著。雖然這個人，不見得是非我不可。

考慮了一下，老師也沒反對：「好吧。經典台詞有三種，一種靠**修辭**，一種靠**內容**，一種靠**好用**。」

「好用？」

「『賤人就是矯情』『我想做個好人』『沒收功就罵髒話』這些台詞，都被視爲經典台詞，但仔細檢查句子本身，就會發現它們既沒深刻的道理，又沒有修辭技巧可言，那爲什麼會被視爲經典呢？兩個原因：一個是**簡單易於模仿**，在日常生活中也很常有機會用上；第二個原因，是因爲大家在講這句台詞時，並不光是使用台詞本身的意思，而是同時**運用了影片中的情境**。簡單說，這類經典台詞就和**流行語**差不多，是因爲**經典的人物或場景**，才使這種台詞有了力量。」

「確實，如果這些台詞換到別部戲裡，好像就沒有什麼了。」

「靠內容不用解釋了吧？就是台詞本身**很有道理**。這個就是生命課題了，沒辦法在編劇課上教會妳。多看一些心靈成長、人際關係、傳記類型或其他與妳故事主題有關的書、多在生活中思考體會或與人討論請教，會讓妳變得比較有料。」老師的語氣沒有鄙視的意味，無論一個人成就高低年齡長幼，都應該持續進步：「但其實很多內容，都是老生常談，例如人要有夢想、男女平等、堅持希望、放下執著等，許多影片都在談類似的主題。有些眞理是不會變的，而有些內容會提供**新的角度**，例如過去我們都強調努力、面對、不逃避，但生命中難免有些問題，不光是努力就能解決的，於是產生了一個新的角度：『逃避雖然可恥，但是有用。』這句話並不是在鼓勵逃避，當它與劇情、角色搭配在一起解讀時，我們會知道它是說『努力是必要的，但偶爾想逃走想放過自己時，也不要太自責』。如果沒有新角度，就是**依靠修辭**，把妳想談的內容調整成**屬於妳作品的、獨特的說法**。」

「修辭是指以前**國文課**教的那些東西嗎？排比、頂眞、譬喩……」

「是的，這就是考驗在學校國文課有沒有專心上課的時候了。我不是文科出身，也不是國文老師，不去和妳討論修辭法的細節和定義，我簡單舉幾個例子。

**譬喻**：用一個物品來形容一件事、一個狀態。

・人生不能像做菜，把所有料都備好了才下鍋。——《飲食男女》

在一部以『做菜』爲主題的戲中，一個職業是『做菜』的人，用『做菜』的譬喻，是最理想的狀態。

・做人如果沒有夢想，跟鹹魚有什麼分別？——《少林足球》

這句台詞同時結合了**好用**（好模仿又是生活中常可談到的）、**內容**（人必須要有夢想）和**譬喻**（沒有夢想的人就像鹹魚），就把原本八股的內容，變成了獨特的台詞。這裡的鹹魚雖然可以換成『屍體』或『垃圾』這些譬喻，但在喜劇作品中，選擇『鹹魚』這個帶有喜感的譬喻，效果最好。

**排比**：運用類似的句型、字數或是相似的詞來組成句子。

・喜歡，是看見一個人的優點；愛，是接受一個人的缺點。——《眞愛挑日子》
・有信心不一定會成功，沒信心一定不會成功。——《英雄本色》
・要嘛換工作，要嘛換男人。——《永不妥協》
・你跳，我就跳。——《鐵達尼號》

最後這句沒什麼內容，但好用，又利用了排比修辭。

**對比**：利用相反的概念組合成句子。

・忙著活，或忙著死。——《刺激1995》（活對比死）
・別爲過去的事，浪費新的眼淚——《與神同行》（過去對比新）
・若不能接受最差的你，便不配擁有最好的你。——《史瑞克》（最差對比最好）

有趣的是，最後這句剛好和十二年後的奧斯卡最佳劇本《派特的幸福劇本》中一句台詞相似：『要能接受最差的你，才配擁有最好的你』，可見相同的眞理，只要符合故事主旨，換句話說又有什麼問題呢？

「有一些技法，不見得有特別的修辭名稱，但在戲劇中很常見。

**分類法**：把事情依照自己的論點分類，通常最後一類才是想強調的重點。

．偷竊有兩種，一種爲錢而偷，一種爲偷而偷。不要成爲第二種。——《偷天換日》

．世界上有兩種人，一種站出來面對，一種逃走找靠山。靠山比較好。——《女人香》

．世上有三種人：綿羊、惡狼、牧羊犬。——《美國狙擊手》

**拐彎法**：在眞正的論點前面，加一句反話，再利用『但是』『不過』或『可惜』之類的轉折句把意思轉回來，是一種故意創造戲劇效果的技巧。

．她說所有秘書中，妳是最讓她失望的，但若我不錄取你，我就是白癡。——《穿著Prada的惡魔》

．我努力的想擺脫張志明，卻沒想到變成了另一個張志明。——《春嬌與志明》

．你不能用錢買到愛情，但還是可以租個三分鐘。——《死侍》

硬要去記、去分辨哪句是哪個技巧，會讓妳在寫台詞時，變得不知所措，**我們是在創作，不是在學術研究**。要寫出好台詞，原則上和前面在談如何寫出有潛台詞的概念是一樣的，都是把原來直白的、老套的句子包裝起來。記得兩個大原則，一個是『**換句話說**』（譬喻、直說變反問、分類），一個是『**一句拆成多句**』，把重點放在最後那句，利用前面的句子加強它的力道（排比、對比、迴文、拐彎）。」

「戲劇是放大，最重要的高潮在最後，前面的鋪陳是為了讓高潮發揮最大的力量。」

我接話，發現這個寫台詞原則其實和說故事原則是相通的。

老師難得對我露出驚訝的表情，似乎對於我的融會貫通感到意外：「妳似乎抓到一些感覺了，那我就要回頭再深入一點，談談**順序**的問題。假設我們今天有個情境，甲乙兩人是兄弟，甲發現自己的父親是連環殺人兇手，害怕得跑去告訴什麼都不知道的乙，妳會選哪一句？」

1. 我都看見了，兇手就是爸爸。
2. 兇手就是爸爸，我都看見了。

## 台詞、場景都有結構

「1吧，因爲『兇手是爸爸』是重點，應該放在後面。」

「沒錯，這種關鍵詞放在最後面的結構，我們稱爲**吊尾句**或**懸疑句**，如果戲劇到這裡，最重要的部分是『兇手是誰』，那1的選擇是最有效的。但有沒有什麼情況，我們會使用2呢？」

我搖頭，有什麼事會比揭開兇手是誰更重要？

「如果甲發現爸爸是兇手時，觀眾就已經跟著他一起知道眞相了，那當甲要告訴乙時，還有必要刻意創造懸疑嗎？甚至進一步說，有沒有可能，全劇其實觀眾從頭到尾都知道爸爸就是兇手，甲乙也早就懷疑，只是不願意接受？那這時『我看見了』，甲向乙強調自己不是瞎猜，反而成了最重要的部分。」

「有道理……」有些故事的重點確實不是找出兇手，所以**關鍵詞要考量情境需求、角色心情和觀眾接受到的資訊**。

「對演員來說，**吊尾句**在表演上也有好處。一來如果台詞前重後輕，對**說話**的演員而言，不夠順暢，會顯得後半累贅；對**接話**的演員而言，一聽到關鍵詞，就會想回應，但說話的演員卻還有後半的台詞，他就只能**尷尬的等待**。但並不是每一句台詞，都像這個例子這麼激烈，如果從頭到尾每一句都寫成吊尾句，會產生角色說話都一直故弄玄虛的不自然感。」老師接著開始講解句型的結構：「**關鍵詞**指的是一**句話的重點**、**對手聽到會有的反**

**應、聽到就可以猜到整句想表達的意思**的那個詞。一般而言，戲劇效果最好、希望對方反應要快情緒要大的，就會使用**吊尾句**，所以一場戲**最重要的那句台詞**，通常是吊尾句。例如『喜歡，是看見一個人的優點；愛，是接受一個人的缺點。』重點在接受缺點，如果把它反過來，『愛，是接受一個人的缺點；喜歡，是看見一個人的優點。』就會感覺很古怪。」

「喜歡跟愛，好像也是故事曲線裡的『放大』，大的要放後面。」

「反過來說，如果那句台詞主要考慮的是**隱藏**，例如台詞中有某句話或某個詞是**伏筆**，通常會**置中**，也就是不放頭也不放尾，因為一個詞放在開頭和結尾，都會比較容易被注意到。關鍵詞置中的句子也**最自然**，因為一般人說話是不會刻意留意關鍵詞的位置的。」

「那放在開頭呢？」

「擺在開頭，通常會用在**回憶或抒情**的情況下，因為這類的台詞比較瑣碎，比較多細節，關鍵詞置前，有**讓觀眾抓到重點**的效果。或是關鍵詞本身需要解釋，所以置前，方便後面進行補充。例如：

> 甲：他們後來呢？
> 乙：死了，車禍，夠老套吧？

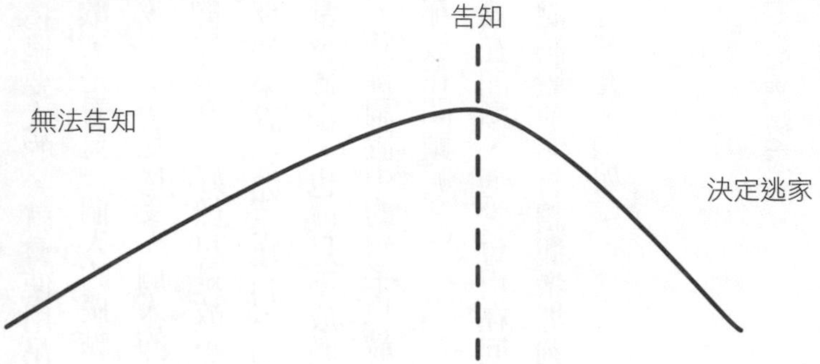
告知
無法告知
決定逃家

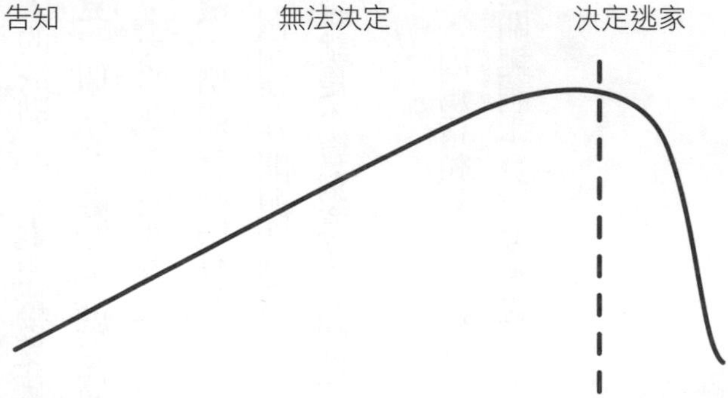
告知
無法決定
決定逃家

雖然『死了』才是回答甲問題的關鍵詞，但乙如果說成：『老套的車禍，死了。』反而顯得太強調了，似乎不太符合說出『老套』這樣帶點輕浮的感覺。如果想**刻意安排被對方打斷的句子**，置前也是好選擇。我們通常三者會混用，再依照每個部分需要的感覺做微調。即使是『兇手是爸爸』，都可以再細處理到考慮是不是該寫成『爸爸是兇手』，兩者有微妙的差異。『兇手是爸爸』的重點是揭開兇手的身分，『爸爸是兇手』的重點是揭開爸爸的秘密身分，角色心中的想法比較接近『爸爸居然是兇手』的感覺。」

「哇……這麼深奧……」我又開始暈了。

「我們現在還是在談台詞的結構，還沒談到台詞的**選字選詞**呢。」

「用什麼字也有差別？」

「當然，用什麼字詞、用多用少，就是很多編劇書裡在講的『替每個角色塑造獨特的語言風格』『把名字蓋住，也該分得出哪句話是誰說的』。但這是一個**好上加好**的過程，如果為了創造風格，反而失去了真實、自然、疏忽潛台詞和結構，是本末倒置。我整理一個流程，妳可能會比較清楚整個寫場景的過程。」老師畫了一張表：「首先我們從**分場大綱**之中，知道一個場景**需要完成的情節終點**，沿用剛才的例子，是甲告訴乙父親是兇手，兩人決定逃家。這時你可以選擇，是要以『告知』為轉捩點，還是以『決定逃家』為轉捩點，把故事曲線抓出來。」

「哪一個比較好？沒有一定，和場景需要的氛圍、角色性格、前一場戲是什麼都有關係，記得，**沒有對錯**，只有寫得順不順、效果好不好。我們先聚焦在**流程**上，接著，我們考慮**角色**、**情境**、**衝突**，以告知爲轉捩點這個版本爲例，**必要角色**就是甲和乙，甲想告知乙事實，但爲什麼無法告知呢？想說卻不能說，想要遇上阻礙，這個場景的**衝突**就出現了，但阻礙是什麼還沒有決定，這時就是從角色和情境去思考。

「例如，阻礙出現在**乙**身上。乙很愛爸爸，甲急急忙忙找到乙，正要開口說出眞相，乙卻拿著他們與爸爸小時候的合照，與甲回憶往事。甲看著乙臉上欣喜的感情，知道告訴乙會讓乙受傷，所以才想說說不出口，最後忍不住了，才說出眞相。

「或者，阻礙出現在**其他角色也在場**，例如乙正和喜歡的女生在一起，礙於有外人，甲無法開口，但又不方便把對方趕走。甚至，更驚悚一點，那個其他角色，就是**爸爸**。甲在外面得知眞相，急忙趕回家，卻發現爸爸正坐在乙旁邊，兩個人有說有笑，這個情境特別強烈，因爲甲同時面對**雙重難題**，一是要想辦法告訴乙眞相，二是要避免被爸爸察覺他已經知道了。

「這個部分有時分場時就決定好了，有時分場只有像我們這個例子這麼少的資訊，這就是爲什麼會說其實**分場時就會考慮場景怎麼寫**，或是可能妳因爲想到一個好場景，可能會**回頭更動分場**的原因，總之目標是最後創造出**最好的版本**，而不是陷入**可是原來是怎麼**

**樣**的糾結。

「在這個階段，我們決定好了之後，就會帶出角色在這場景中的**動機和目標**，雖然衝突可以是**外在的情境**造成阻礙，但如果能發生在**角色之間**，他們**彼此的動機和目標能夠相互阻礙**，是最理想的。例如上面的例子，也可以改成甲想打電話給乙，卻打不通，試了好多次，最後終於接通了，這也是阻礙，但相較之下，效果就比較弱，可是我們有時綜合考慮場景的**長度**、**連貫性**、**難易度**後，也可能會採取比較弱比較簡單的情境。」老師將動機和角色目標寫進圖裡。

「**動機**和**目標**有什麼差別？」

「**動機**比較**廣**，**目標**比較**當下**。我們之所以想完成一件事，背後還會有一個原因，那就是**動機**。甲知道眞相後，爲什麼要告訴乙？爲什麼不自己逃走？爲什麼不是去報警？他很有可能想去報警，但

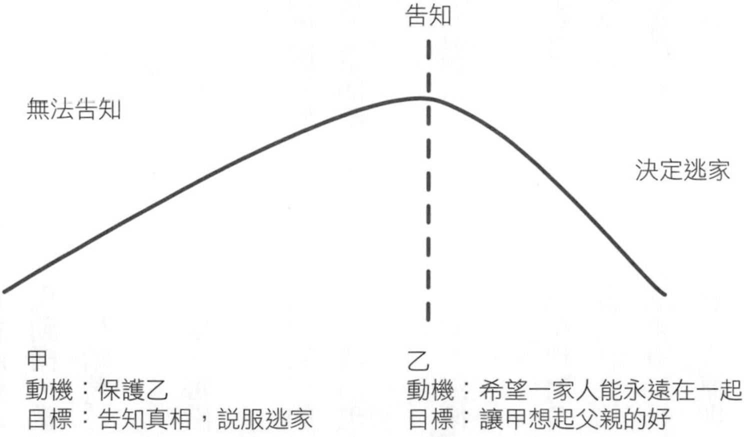

他必須先確認乙的安全，以及乙能不能接受這件事。這個我們要從**角色小傳**和**角色關係**之間去推敲，不能亂寫。**目標**則是比較**具體**、**明確**的東西，可以把他想成**爲了實現動機，當下的具體作法**，換了一個場景，動機可能不變，但目標會改變。例如現在有人拿槍指著乙的頭，甲依然是想保護乙，而他的目標則是希望說服對方放下槍。」

我想起老師之前畫的三個箭頭：「這個感覺，有點像你前面說的，**全劇的需要**、**每階段的想要**、**場景目標**之間的關係。」

「沒錯。人的心就是這樣一層一層的，會有原因，和原因的原因，甚至原因的原因的原因。我之所以沒有沿用之前畫的三個箭頭，是因爲那是從**整部劇的角度**切入。但我們現在談場景，是從**角色個人的角度**切入。」

「我努力吸收。總之，把場景骨架抓出來，再把情境和角色的想法放進去，然後呢？」

「然後就開始**寫台詞**啦。讓你的角色在情境中開始對戲，如果你透過角色小傳對角色有足夠的了解，動機和目標設定明確，你就有機會經歷所謂『角色好像自己會說話』那樣的感受，你很自然的判斷出，角色會採取什麼行動，會有什麼反應。這裡先試著照直覺走，等寫完了，或是卡住了，我們再回到方法來抓節奏、設計對白與動作。這裡的大原則其實和寫大綱時是一樣的，鋪陳、放大，讓觀眾相信相反的事，最後翻轉。另外，在這個階段，妳可以允許自己跳過一些東西。」

「跳過？什麼意思？」

「例如妳知道這裡角色要說一件童年趣事，爸爸為他們做的犧牲，但妳還沒想到那件事情是什麼，妳可以就直接寫：『乙：（說一件爸爸為他們做的犧牲）』，等之後再回頭來補充。或者是像『甲做了一個習慣性的小動作』『他們的小默契』『一個虛張聲勢的表現』『他沒有說，但看得出他痛苦』等，總之，**先筆記下來，之後再回頭慢慢調整設計**。這個階段，是在建立妳場景的骨架，等骨架到位了，要再修會比較容易。」

「然後就是之前談的**藏潛台詞**吧？」

「對，還有**動作設計**。這個是個人風格，有的編劇喜愛大量語言，有的編劇喜愛動作設計，一樣沒有對錯。大致上來說，**短片**、**電影劇本**比較依賴**視覺**，長度也比較有限，所以語言偏向精簡，動作設計多；**電視劇**則比較依賴**聽覺**，長度也比較長，所以動作設計就比較少，運用比較多。但隨著大家漸漸也在家裡看電影，也有人用手機電腦看電視劇，看得很專心，所以這個界線漸漸模糊了。」老師抓抓頭：「接下來就談一下**對白設計**和**動作設計**吧。」

## 對白與動作設計

「**動作設計**，是指要寫出角色做的每一個動作嗎？」

「不需要，妳只需要處理**可以作爲語言**的部分。像是什麼『他拿起水杯喝了一口繼續說』『他不好意思的摸摸鼻子』其實都可以不用寫。劇本和小說不同，劇本是給演員演的，**演員會有自己的動作設計**，我們所設計的動作，是**屬於台詞的一部分**。」

「啊我知道，就像你之前說的，**動作等於對白**。」

「沒錯。動作本身必須**要有意義**，它要嘛是個**伏筆**，要嘛就是一種**語言**。例如他看對方不爽，對方問他問題，他沒有回答，只回了對方一根中指，這就是屬於語言的動作。動作設計的訣竅，來自於**活用環境**。」

「環境？」

「例如兩個人**在教室裡談戀愛**，教室並不只是一個單純的佈景。好的動作設計，會利用教室這個環境，教室裡有粉筆、黑板、板擦、課桌椅、垃圾桶、打掃工具、窗戶、講台，可能還有時鐘、日曆、課本、礦泉水、麵包……」

「教室怎麼會有麵包？」

「從外面買進來的、同學藏在抽屜裡的，反正**有可能出現**的都可以考慮。動作設計，應該從這個**環境的細節**出發，他們的戀愛，可以是在黑板上塗鴉、可以是一起解習題、可以是被罰留校打掃兩人用打掃工具打鬧、可以用立可白惡作劇……如果妳只把教室當成一個說話的空間，那他們在教室裡、在走廊上、在操場邊甚至在深山裡，又有什麼區別呢？」

「原來不只是考量角色性格、考量潛台詞，也會**考量環境**可以拿來怎麼表演啊。」一個獨一無二的場景，眞是充滿巧思。

「是的，所以才說在分場和場景設計時，有些編劇會把動作設計考慮進去。」老師感覺有點累了，他揉了揉眼睛：「最後是台詞設計。前面已經提過很多設計的技巧了，剩下就是一些細節。記得一個大原則，對白的風格不是**規定**的，而是妳**決定**的。不是去思考『黑道都怎麼說話』，而是去思考『我要給這個黑道角色什麼樣的語言風格』。別忘了，妳永遠可以選擇**自然就好**。」

「但黑道總是會有一些說話的特徵吧？」

「**不失分，就得分**。」老師再次強調：「只要不要讓人覺得『黑道怎麼可能這樣說話』，就沒什麼問題。其實影響比較大的，是**角色小傳**的建立，而不是職業。一個黑道可以粗魯可以優雅，可以國小沒畢業也可以是博士，語言是**成長環境**、**所受訓練**、**職業需要**、**個人習慣**等累積的結果。」

見我埋頭狂抄，老師就繼續往下說：「我們先從影響比較大的談起吧。影響最大的是**方言**。這問題在台灣比較少見，但當妳有機會接觸大陸劇本時，角色可能會來自四川、上海、遼寧，四面八方，每個地方會有不同的風土民情，還有使用語言的差異。雖然他們都講普通話，但真的要講究，其實在用詞上和說話方式上還是有差異的。這部分雖然影響最大，但因爲還有劇組、演員把關，能做就盡力，但做不來還是那句話，對白不失分就好。

「接下來是**選字和句型上的差異**，一般來說，**教育程度比較高**、**情緒比較平靜**、**性格比較客套委婉的人**，會選擇**比較長的句子**、**比較文雅或精準的字詞**。反過來說，**教育程度低**、**情緒高亢**、**性格急躁奔放的人**，就會選擇**比較短**、**比較直接的表達**。舉幾個簡單的例子，『我個人覺得這件事這樣做不太好』就是比較長、比較迂迴的句子；『這樣不好吧。』就是比較短、比較直接的句子。『有看到我放在門口的那盆蝴蝶蘭嗎？』比較精確，『門口的花有看到嗎？』就比較概略。」

「確實讀起來感覺態度不太一樣。」

「剩下還有一些方式，例如有人會用**說話態度**來創造風格，總是過度正向、總是悲觀、總是使用問句或否定句等；有人會使用**語句的長短**來創造，省話一哥或囉唆一哥；有人會用選字來創造，例如特別文雅、特別愛用縮寫、中英交雜等。還有之前提過的，可以結合角色的設定，例如傻氣的人總是問笨問題、好色的人什麼都和色情扯上邊、工匠常使用工具做比喻，而農夫則常使用大自然做比喻等。另外，有人會使用**口頭禪**、**語尾詞**、**發語詞**等來塑造角色的語言特色，但這種手法會創造**重複感**，容易讓人厭煩，比較常見在漫畫和動畫之中，反而沒那麼適合寫實度比較高的眞人作品。」老師突然想到什麼：「倒是有一件事必須要特別強調。」

「嗯？」

「華人編劇在學習寫對白時的難題，就是**不容易直接向國外的好作品學習**。因爲字幕都是**翻譯的書面體**，甚至還會加入翻譯個人的詮釋，經常會變得不口語、失去原來的語言趣味和音律。例如賈伯斯的名言：『Stay hungry, stay foolish.』台灣普遍都翻譯成『求知若飢，虛心若愚』，但原文的直譯是『保持飢餓，保持愚笨』，我們不討論翻譯對錯的問題，因爲這本來就是語言的差距，但這個例子突顯了直接從翻譯字幕學習怎麼寫對白的風險，也可以明顯看出英文原文的選字可能簡單、口語，也可能風雅講究，但翻譯成中文後，幾乎無法看出差異。這部分只能靠我們自己去克服了。」

我點點頭，但更多的課題讓我感到更暈了，彷彿原本被建立起來的小小自信心，又開始動搖，而老師輕易的看穿了我的無助。

「我知道當我越談越細節時，妳一定會越失去方向，這是很正常的。這也是爲什麼，我一直反覆強調三個重點，一個是**劇本是改出來的**，沒有人可以一口氣做到位，它就像畫油畫、譜交響樂一樣，需要一層一層蓋上去。另一個是**劇本一定要自己讀過**，讀出聲音，甚至自己試演。我們人的感覺是很有趣的，就算說不出個所以然，我們常常也能**感覺出來**，所以到底該用吊尾句還是置前句？到底寫出來的東西夠不夠口語？自不自然？態度對不對？妳的感覺常常是最準的。我講這些細節，不是要妳在寫的時候想破頭，而是希望妳在覺得**感覺不對勁**的時候，可以有點頭緒，知道怎麼修改。第三，寫對白**不失分就是得分，大框架決定小細節，自然最重要。**」

嘖，先讓我看見自己的渺小，又回頭給我打強心針，這個人眞是。

果然還是習慣了他這種，不著痕跡的溫柔。

果然還是沒辦法下定決心，告別老師的課程。

果然還是想，這樣一直一直上下去。

「雖然很難，但只要練習，有一天我也會像老師這樣，一個月就能完成這所有的事吧？」我無法想像自己有那一天，但老師一定會說沒問題吧？畢竟老師一直以來都這樣鼓勵著我。

沒想到，老師的回覆出乎意料：「怎麼可能？這麼說，也太小看編劇這回事了吧。」

「咦？」

「只是因為網大的要求沒那麼高，才能這樣每個月寫下去。分場寫熟了，靠直覺分；

對白寫熟了，靠直覺填。以網大那種從規畫到上映只花三個月的步調，導演也靠直覺拍，演員也靠直覺演，所有的東西都是急就章解決，太精心打造的東西，交到這樣粗糙的環境裡處理，會心痛死吧。」

我掩不住驚訝：「所以你寫了這麼多劇本，裡面有你真正滿意的作品嗎？」

老師停頓，盯著手中的杯子，一會才抬頭看我：「沒有。」

「你……不會想寫一個自己滿意的作品嗎？」

「寫了又怎樣？」

「拍成電影啊！這不是所有編劇的夢想嗎？」

「我說過了吧，」老師的聲音黯淡：「這份工作，不需要夢想。」

長長的沉默，停留在我們之中，儘管四周依然是歡騰的氣氛，有人在慶功，有人在應酬，有人在聚餐。

我想起老師曾經說過的，每個來熱炒店的人，都有不同的理由。

但所有人來這裡，都是笑著的。

「今天課就到這裡吧，本來是沒打算和妳說這個的。」老師收拾東西起身：「今天的作業是寫劇本，至少一天寫個一場，就寫五場吧……」

我打斷老師：「我不會再交作業了。」

「嗯？」

「我們不是約好了嗎？一、不遲到不缺席，二、作業一定要交，三、你教的一定照做。違反其中一樣，我們的課就停止。」

老師不明白我在說什麼：「所以呢？」

忍住啊，千萬要忍住，我不爭氣的眼淚。

這都是爲了老師的幸福。

**「這熱炒店的編劇課，就上到這裡吧。」**

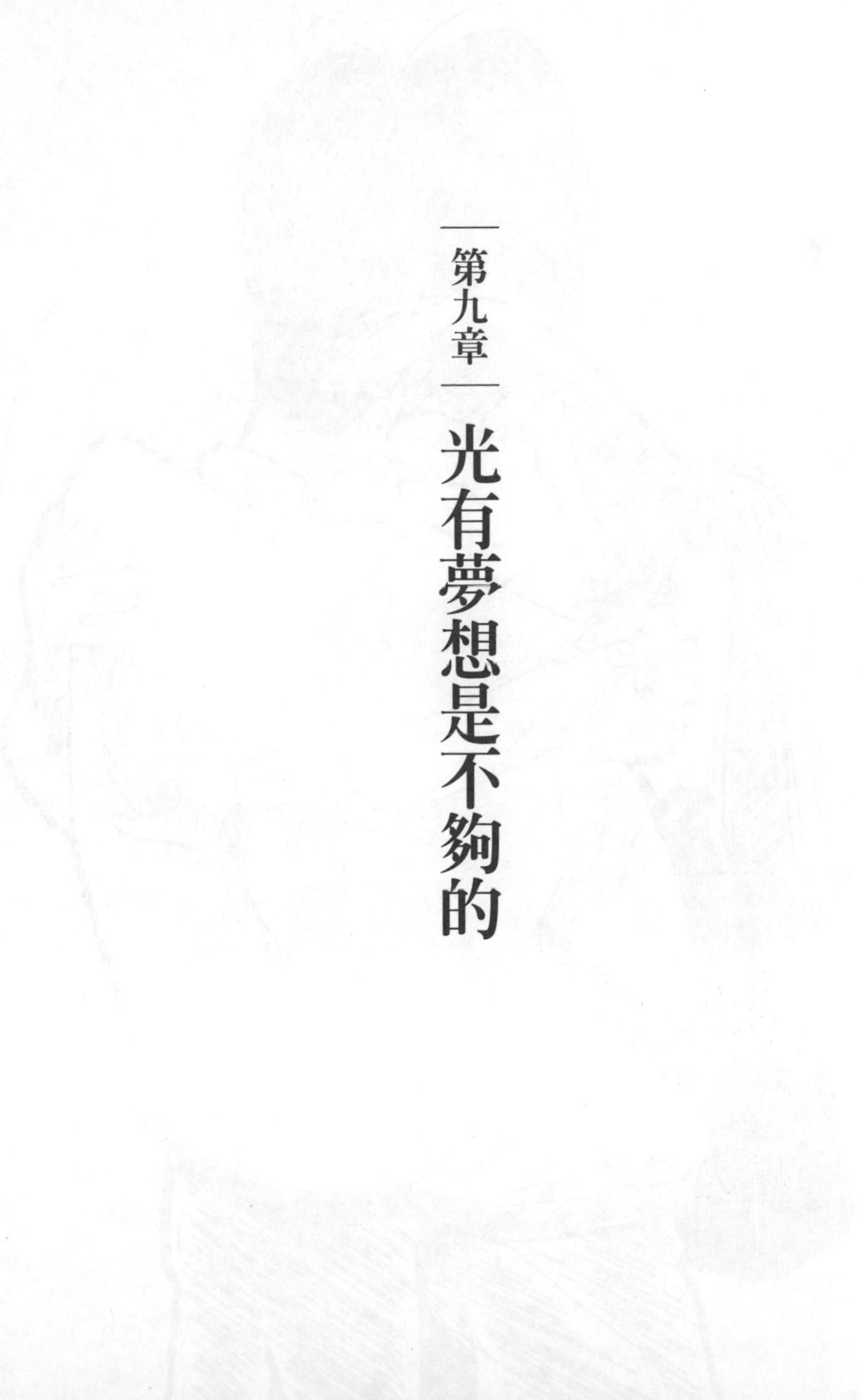

# 第九章 光有夢想是不夠的

雖然只有短短四、五個月的時間，卻感覺發生了好多事。

我想起了與老師的第一次見面，我的狼狽與他的驚慌。想起了他答應替我上課時的興奮，和他說這是沒有夢想工作時產生的苦惱。我想起了感覺自己抓到竅門時的熱血，也想起了感覺自己無能時的失落。想起了淚奔，想起了絕望，也想起了鼓勵、勇氣與陪伴。

我能擁有這些，都是因爲老師。

所以我希望他能夠快樂，眞正的快樂。

「這熱炒店的編劇課，就上到這裡吧。」我說，試著擠出笑容：「你應該回去，繼續你的夢。」

老師很快的明白了一切：「妳和她，見面了吧。」

我點頭，淺淺的，怕流露軟弱。

「難怪妳今天來的時候樣子怪怪的。我不知道她和妳說了什麼，但妳不懂現在業內的環境。」老師口氣像在勸胡鬧的孩子：「**光有夢想是不夠的**。」

她也說了一模一樣的話。

# 夢想以外的事

兩天前，一名意外的訪客，出現在我家門口。

「妳就是高明的學生吧？」

站在我面前的，便是那位很瘦很瘦的時尚女子。

當時我牽著腳踏車，嘴裡塞著肉包，穿著夜市買來的運動棉褲。對，那是我的睡褲。我因爲熬夜趕作業，早上急著出門忘了換，如果早知道今天會遇到這位絕世大美女，就算要請假去採購禮服我也是不會猶豫的。

眞會選時間出現，這個紙片人。

直到開始寫這本書的此刻，我都還不知道她的本名，大家都叫她一個我怎麼都記不清也無法發音的法國名字。比較熟了以後，我私下就叫她紙片人。

但那時的我，對她的印象只有驚人的美貌與氣質，還有那個深深的吻，因此當她開口要請我喝咖啡時，我完全緊張得不知所措。

我們走進一間輕工業風的咖啡廳，坐落在巷弄內，慵懶的慢歌充滿地中海風情，分不清是哪國語言。除了磨豆機不時傳出的轟轟聲，整間店安靜、時尚、典雅，就像坐在我眼前的她一樣。

「屏東也有很不錯的店呢。」紙片人態度親切，聲音柔軟，一路上與我談著屏東的風土人情，噓寒問暖，但我卻感到心中忐忑。我不知道她約我，到底想要聊些什麼。可能是察覺到我眼神中透露的不安與敵意，女子話鋒一轉：「我今天約妳出來，是想請妳幫我一個忙。妳可以幫我說服高明嗎？」

說服老師？我覺得她在說笑：「妳可能找錯人了。」

女子看著我，眉梢帶著淡淡的訝異，她和高明老師一樣，都是屬於看不出眞實情感的類型，但老師是一貫的面無表情，她則是眼裡嘴邊都帶著鬆鬆淺淺的笑意，相當和善，卻常讓人感覺她腦裡似乎總在想著別的事情。

我怕她誤解，趕緊補充：「我的意思是說，拜託，老師耶，我怎麼可能說服得了他。」

「是嗎？但他好像很在乎妳。」

雖然明明知道她說的不是那種在乎，但聽了這話，我竟不禁有點飄飄然，不知道該回答什麼。

服務生送上我們點的雙倍義式濃縮和熱可可，當然點後者的是我，好像我是個小朋友。爲了化解尷尬，我只好隨意找話題：「晚上喝這個不會難睡嗎？」

她沒有回我，只是嫣然一笑，端起她的咖啡：「妳知道我和高明的關係吧？」

我差點沒把可可噴出來，燙到舌頭：「知……知道。」

她對我的狼狽視若無睹：「妳喜歡高明嗎？」

我拿餐巾紙擦著臉上的可可，用傻笑掩蓋心虛：「怎麼可能！哈哈哈哈……」

「是嗎？」她輕易的看穿了我的笨拙，但又換了想法：「不過高明確實不太可能看上妳……」

我確定我不喜歡這個女人。頭上的青筋讓我瞬間冷靜下來。

但她下一句話卻又出乎我預料：「那就好辦了。我們條件交換，妳說服高明回到我身邊，我就給妳個劇本寫，如何？」

見我不回話，她以為我沒聽懂：「妳想當編劇不是嗎？我給妳個案子寫，**妳馬上就是編劇了**，機會難得喔！」

「我就說了……」這女人怎麼不聽人說話呢？

「還是妳想要我買妳的劇本？如果妳的概念有趣，我可以考慮。」

她帶著沒有變過的親切笑容，說出踐到不行的話，讓人一肚子火。

我強忍著掉頭就走的衝動，因為我有一件想知道的事。

「老師說，妳是來找他回去實現夢想的。」我盡量讓聲音聽起來不帶情緒：「那個夢想是什麼？」

紙片人突然不說話，上下打量著我。

「聽說妳上高明的課上了快半年，我還以爲妳和他一樣是現實掛的，想不到妳也是感性派的，失策。」她放下手中的咖啡杯，拋來閃亮亮的無辜眼神：「很抱歉，我收回我剛才說的話，我不該跟妳開條件的。對不起對不起……我們忘掉剛才的事，原諒我好不好？」

什……什麼啊？這女人。雖然表情從頭到尾都是和善的笑著，但態度卻一百八十度的轉變，從剛才的女王變成了小公主。

我覺得心好累，只想了解老師的事。但她卻沒有直接回答我的問題，反而開始問起我的事情。等我留意到時，我竟然已經和她聊了一個多小時，都還沒談到老師的事。事後回想起來，我不知道是人正眞好，還是我頭腦簡單，在她態度轉變之後，我竟在她的引導之下，漸漸放下心防，開始和她聊起老師與我相處的過程。

「敬全世界最聰明的人！」我模仿老爸那天的醉樣：「然後他就把錢拍在桌上，耍帥走掉了。」

「你爸眞有趣，我爸就無聊多了，做生意整天飛來飛去，一年也見不上幾次，見了也只會問我賺錢的事。」她露出有點寂寞的眼神：「妳問我喝這個會不會難睡，其實我喝或不喝，都一樣失眠。」

那一瞬間，我眞不知道該懷疑老師和她爲何會在一起，還是該懷疑他們爲何會分手。

他們好不一樣，一個不讓感情影響他的思考，一個活用感情變成她的武器；但他們又好像，都帶著一堵牆，替真實的自己做足偽裝。

我看到的到底是演技，還是真心？我已經分不出來了。

她似乎發現我沉默了，很自在的換了話題，好像剛才的惆悵沒有出現過：「但妳確定要當編劇嗎？當編劇很辛苦的，妳沒聽高明說嗎？」

「第一次見面時他好像有提到一點，但沒有說得很詳細……」其實我對編劇的工作內容還是一知半解。

「他大概是怕嚇跑妳。」她張牙舞爪，一副嚇唬我的樣子。

「但如果能實現夢想，讓自己寫的作品拍成影片，辛苦也是值得的吧？」

「光有夢想是不夠的。」她笑了笑：「妳現在學到哪了？」

「分場。」我老實回答。

「如果我告訴妳，高明那些聽起來複雜精密的理論，其實都派不上用場，妳還有意願繼續嗎？」她指了指自己額頭：「**製片想的事，和編劇不一樣。**」

發現我一臉「那又怎樣」的困惑，她反倒驚訝了：「妳該不會不知道製片是幹嘛的吧？」

我搖頭，雖然聽老師提起很多次，但我從來不知道製片到底是做什麼的。

「他還真的是把妳養在溫室裡，細心栽培呀。」她現在看我的眼神，越來越像在看一隻可愛的寵物：「製片就像**老闆**。」

「老闆？」說真的，我也不知道老闆是做什麼的。

## 商品製造流程

「拍一部片，就像開一間公司，花一大筆錢，找一群人賣力工作，希望最後可以賺一大筆錢回來。餐廳老闆，不一定要會做菜，只要他有錢，或他能找到人投資，他就可以花錢請個廚師，廚師負責做菜，他負責把店營運下去。製片的工作大約就是這樣，找人找錢，確認影片可以被拍完，把錢賺回來。」

「但通常不是導演最大嗎？」在我的理解，老闆是最大的。

「沒有大不大的問題，只有誰負責什麼事的問題。」她拿了桌旁的點單，用點單的背面畫了個圖。

「這是一部片運作的過程，製片和導演的關係，簡單來說，導演是**內容相關**的老大，製片是**行政相關**的老大。內容就

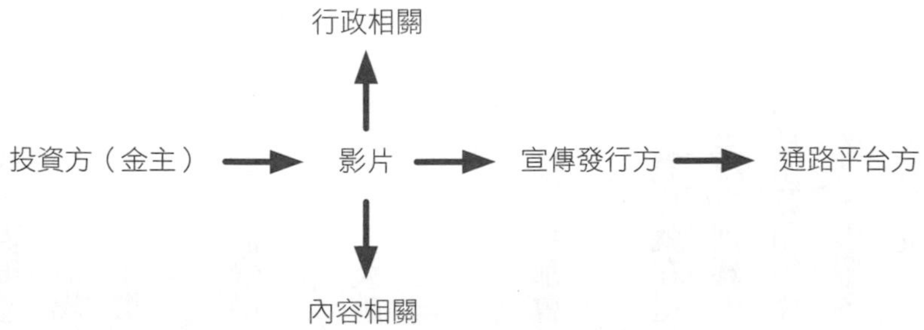

是影片裡的東西，劇情、表演、拍攝、燈光、音樂、道具、特效等；行政就是爲了實現這些內容而存在的其他所有事，找藝術家、找工作人員、找投資、找贊助、控管預算、訂場地、排行程等，就像一隻手機要賣到妳手上，需要的一定不只做手機的人，只要是做手機以外，幾乎都算行政內。」

「聽起來是小妹，和我的工作差不多。」我還沒抓到製片和編劇有什麼關係，但覺得很有趣。

紙片人笑了：「確實，老闆分很多種，有些老闆做的事，是像小妹在做的沒錯。錢越少，人越少，製片就要做越多雜務，包山包海。錢越多，人就越多，大家可以分工分細一點，製片就有分許多類型。我簡單介紹一下妳平常會在片頭片尾看到的一些頭銜。」

她指著投資方：「**出品人**就是指**投資者**，也就是出錢人，但並不一定所有投資者都會掛名。很多大的製作公司，會自己掛出品人，代表資金是他們自己籌措的。」

她接著指向**影片**的位置：「這裡就是**製作公司**，負責把影片拍好的地方，製片就在這裡。整個製片組中，**監製**指的是組裡的最高負責人，通常負責開案、籌錢、遊說主創藝術家加入等較高層級的工作；中間的**製片**可能負責排行程、與其他組開會、控管預算和拍片進度等等；而最基層的行政就叫**執行製片**，做類似妳的工作，租借場地、訂便當、張羅各種大小事聯繫。製作公司會去找適合的案子、說服金主投資、找適合的團隊把影片完成，再交由宣傳發行公司，好把影片賣給觀眾。」

「所以妳的意思是說，是製片決定一個劇本要不要被拍出來？」

「可以這麼說。我們開始一個案子有兩種方式，一是去**找現成的作品**，例如優良電影劇本獎的得獎作品，看看有沒有潛力，或是找出版品，小說、漫畫、網路文章等，買版權回來再請編劇改編；第二種比較常見，我們是**已經預計要做一個案子**，可能是要送政府補助，可能是有預定好要送的平台或資方，然後去**找適合的編劇，把這個案子的劇本寫出來**。我們可能會有一些初步的想法或方向，例如角色的雛型、一個情境或特定的類型，編劇負責把需求整合成一個完整的故事大綱和角色介紹，製片再把它們整合成企畫案。」

「但不是有導演說什麼自己籌拍故事？」

紙片人白了我一眼：「那就是導演兼了製片的工作。我們現在在談分工，就好像編劇也可以兼導演兼演員甚至兼梳化造型和道具，但那是編劇的工作嗎？」

原來一部片的起點，不是編劇，而是**製片**啊。我心中嘀咕。

她繼續說：「**宣傳**就是指影片的行銷，**發行**則是由不同管道與觀眾接觸，例如有些影片只在網路上發行，有些會上院線，有些院線上全台灣，有些只上特定幾間影院，有些只發行ＤＶＤ。像台灣有些公司就是純發行公司，他們不拍片，只從國外代理別人拍好的片來台灣上映。反過來說，台灣拍好的片若是想在其他國家上映，就是要找當地的發行商。

「最後就是**通路平台方**，也就是觀眾接觸影片的地方，可能是電影院，可能是DVD店，可能是電視台或是線上影音平台，像Netflix。近年來，線上平台爲了擁有獨家的內容，也開始身兼投資方。我們在影片**片頭**會看到很多公司的Logo，他們有的是**出品方**，有的是**製作方**（可能有兩三家），有的是**發行方**。」

「原來如此。」我恍然大悟。

「回到誰大誰小的問題，外面社會不是上班，到底該聽誰的，不是由職位決定的，而是影響力與談判的結果。比如說，這部片是網路院線都上，還是只上網路，上網路是都上，還是讓某家平台獨播，是誰決定的呢？」

「呃……發行？」

「但如果製作公司剛開始就決定是要上院線，投入的預算和拍片的規格也是照院線，發行卻決定只上網路，聽誰的？」

「呃……」我瞬間就被考倒了。

「答案是不一定。」她被我的表情逗樂了：「製作公司和發行公司有很多合作模式，有時是製作公司主導，付錢要發行公司協助，有時是發行公司花錢向製作公司買版權，有時雙方是合作拆成。有時會討論，有時會聽話照做，有時甚至還會鬧翻。」

我被搞得有點亂，開始越來越不知道爲什麼她要和我說這些：「所以這到底和我有什麼關係？」

「人和公司，沒有太大差異的。」她指著我的鼻子：「今天妳是編劇，妳寫的東西，**誰可以改**？導演？演員？製片？金主？攝影師？」

我還來不及回答，她就接下去：「在剛才的例子裡，雖然流程看起來是從頭到尾，每個人一個蘿蔔一個坑，但因為每個決定都會互相影響，所以隨著情況不同，最後做決定的人都會不一樣。一部片也是這樣，雖然要拍當然要先有劇本，雖然攝影師看起來不負責劇情，但如果他是金主的兒子呢？如果編劇寫得很差，拍出來效果很差呢？如果攝影師比導演有經驗，甚至其實他有編劇和攝影兩個專業，只是剛好在這個劇組當攝影師？」

看到我還是一臉困惑，紙片人嘆了口氣：「跟妳說這些，是希望妳理解，**現實生活不是教科書**。表面上妳面對的是戲，實際上，妳面對的是人。妳花苦心去經營的場景和對白，可能一到劇組，就被改得面目全非。不，可能在製片這關，就已經被改成不同作品了，妳學高明那套，只會弄到最後氣死自己。」

我好像終於有點明白，老師「遇到一些事而心灰意冷的回到屏東」，到底是什麼意思了。我聽出自己的聲音充滿動搖：「那……那到底，編劇該怎麼寫劇本呢？」

沒有回答我的問題，紙片人繼續講著她想說的：「雖然不是所有製片想法都一樣，但製片的立場很單純：**拍片就是要賺錢**。不一定是『只為了賺錢』，但沒賺到錢，人就活不下去。只要有金主願意投資，製片就會有收入，不管影片最後有沒有大賣，製片至少都會賺到一部分的製作費，就像工班至少會領到出班費一樣。所以很多製片根本不會細看妳的劇本，他只看大綱，而且只從大綱裡面找，這部片**有多少商業潛力**，**會讓投資人買單**。不管妳的分場功夫多好，場景多會設計，對白寫得再巧妙，點子沒中，一切都免談。」

「所以**噱頭**最重要？」我想起老師教過，如何尋找有賣點的點子。

「還有預算。一部片光看類型，就大約可以估出一個**預算**。預算太高，投資人也很精，不容易點頭，製片也不會買單。」她撥了撥瀏海：「大概有幾個方向可以評估作品的預算大小。拍片有幾個地方特別花錢，第一是**拍片時間**。時間越長，費用越高，因爲拍片現場有明星、有工作人員、有專業藝術家，一天可能就要燒掉幾十萬。所以**場景越多**、**越分散**，**越花錢**。一場在山上，一場在海邊，一場在巴黎，一場在東京，光是交通就是一大筆開銷，加上劇組移動時間也算在拍攝時間內，所以場景越集中，預算越省。

第二是**搭景**。有些場景找不到現成的地點來拍，只好專門搭一個，像《賽德克巴萊》就搭了個村子，一花就是上億。所以歷史劇、時代劇、科幻、奇幻這類難以找到實景拍攝的作品，預算都很高，再加上**道具**、**服裝**都要另外製作，也是很高的費用。

第三是**動作場景多**。動作場景需要比一般場景更多的鏡頭，才能拍出動感，鏡位越多，代表拍攝時間拉長，所以貴。再加上像飛車、爆破，要找車來摔、要封街、要特殊技術人員等，都需要錢。

第四是**後製特效**。動畫特效要做得好，要花很多時間和人力，所以預算就會增加。像九把刀的《報告老師！怪怪怪怪物！》，要利用特效去做出怪物的質感，預算幾乎是直接翻倍。

第五是**主要演員數量**。明星就是比較貴，多請一個人，就多花許多錢。而且明星的檔期不好排，請越多明星，彼此的檔期越難配合，就會影響到拍攝的期程，造成成本上升。就算全部請素人，一樣是越多人，越花錢。

第六是**場景中的演員數量**。像是球賽、演唱會這類需要爆多臨演的場景，成本都非常高。

所以妳看，妳在分場時，想的是什麼冷熱鬆擠穿插，製片在看時想的都是預算、場地要到哪借、臨演怎麼來、需不需要特殊拍攝道具，都是錢。很多時候劇本被改，不是因為寫得不好，是因爲**現實考量，無法拍攝**。」

我漸漸理解她想告訴我的事。就像老師說的，沒有人會花錢，只爲了實現我的夢想。拍片其實是門生意，錢雖然聽起來很俗氣，但如果沒錢，就無法拍出作品，無法賺錢，就不會有人想投資。

「總之呢，高明所談的**好劇本**就像一個理想世界，合理、迷人，但派不上用場。」紙片人看我表情變了，似乎很有成就感：「很多編劇早就放棄繼續鑽研什麼是好作品了。反正寫得再認眞，別人也不見得看得懂，賺的錢又少，還不如得過且過，日子過得下去最重要。台灣的環境就是這樣，與其去追趕美國韓國那樣的品質，還不如花時間和圈子裡的人打好關係，這樣妳的作品出來，大家也會因爲交情替妳說好話，朋友之間捧來捧去，外行人也分不出東西好壞。」

原來如此，紙片人所說的一切，好像解釋了台灣的很多問題，爲什麼戲劇內容都千篇一律，爲什麼很多作品概念好像很有趣結果卻很難看，爲什麼明明有這麼多的編劇書和成功經驗，台灣的創作者卻常常「跟著自己的感覺走」「想到什麼寫什麼」。

所以像老師這麼認眞的人，寧可選擇離開。

所以像老師這麼熟練的人，寧可寫點要求低的作品討生活。

所以像老師這麼有能力的，寧可不在台灣發展。

反正，在這樣的環境裡，認認眞眞的把一個劇本寫好，根本不重要。

但，眞的是這樣嗎？

「妳騙人。」

「這是**事實**。」

「妳騙人，」我重複：「如果老師的方式是沒有用的，妳就不會特地跑來找他回去了。」

紙片人錯愕的神情，漸漸融化在花雨似的笑容，她邊笑邊擦去眼角的淚水：「我越來越知道，高明爲什麼喜歡妳了。」

我再次因爲她沒頭沒腦的回覆，不知所措。

「我說的確實是事實，這個圈子很多人都墮落了，但不代表所有人。高明就曾經是試圖對抗的那個，我知道他怪我，因爲我當時選了和他不一樣的路。他選擇對抗，而我選擇投降，成爲他最不喜歡的環境之一，在他最需要的時候離開了他。」她起身，去拿了壺水回來：「但現在時代不一樣了，現在已經不是過去電視台的時代了，平台越來越多，對於戲劇的需求越來越強，人們對於作品水準的要求也越來越高。投資人吃虧吃多了，也漸漸變得精明，糟糕的製片蟑螂雖然依舊存在，但有想法有企圖心的製片也越來越多，編劇的權益也越來越受保障。大家慢慢開始知道，編劇比想像中更難、更重要，不是隨隨便便就可以當的。這是高明渴望的時代，我希望他能回來，和我一起把之前沒走完的路，好好的走完。」

我果然還是無法喜歡這個女人，那麼的善變，那麼的自我。

但我心中確實期待看到，老師站上屬於他的舞台。

# 現實以外的事

那天晚上，我沒有答應她任何事情，因爲我覺得應該讓老師自己決定。

而我現在，已經清楚知道答案了。

「光有夢想是不夠的。」老師說得斬釘截鐵。

才不是這樣。

「沒有夢想才是不夠的！」就像老爸來的那一夜，老師用一聲怒吼，把信心全失的我喚醒，我也希望我的聲音，能夠點燃老師早已熄滅的心。

「一個把編劇方法研究到這麼細的人，怎麼可能不希望寫出一個自己滿意的劇本？你不要自己騙自己了！你如果早就心死了，爲什麼還要繼續寫下去？爲什麼還繼續在研究作品？爲什麼還願意每週每週這樣的教我？不就是因爲你還放不下這個你熱愛的工作嗎？光有夢想是不夠的，但是如果沒有夢想，又有誰會願意爲了這種該死的東西每天熬夜苦惱，只爲了決定什麼關鍵詞在前還在後，什麼場景在熱炒店還咖啡廳？如果沒有夢想，寫劇本根本就是全世界最糟糕最糟糕的遊戲！」

我一口氣劈哩啪啦的吼完一長串，吼得整家店都靜默，吼得老師表情扭曲，吼得我上氣不接下氣，強忍著的眼淚不爭氣的流個不停：「就是因爲還有夢想，我才寧可選擇離開你……」

「妳覺得妳很重要嗎？」老師冷冷的接話。

果然，還是不行嗎？

「妳覺得我這一年多來，沒有想過要再試一次嗎？」

我低著頭，不敢看老師的表情。

「那種彷彿全世界只有你在努力，全世界都無法理解你，全世界都在嘲笑你的地方，我連做夢都覺得噁心——」

我怎麼會覺得，老師會沒想清楚這些事情呢？

未免太自不量力、太自作多情了吧，劉詠琪。

「——但是如果有妳一起，我可以考慮。」

咦？

# 第十章 與你的約定

## 朝理想前進

老師說，人總是高估自己一天能做的事，卻低估一年能完成的事。

我眞的一年，嚴格說起來是十一個月又二十三天，就成爲**編劇**了。

現在我正坐在某個製片的辦公室裡，低頭研究著對方遞給我的名片，公司名叫「華群電影製作公司」，對方的頭銜寫著「項目總監」，感覺是個**大人物**。我手心冒汗，心裡焦慮著，我怎麼會這麼沒有社會經驗，沒有提前給自己做一張名片。

我用力做了幾個深呼吸，提醒自己，要堅強。

我和老師說好了，要靠自己的努力，走在夢想的路上。

那天晚上，老師離開了，回到台北，回到紙片人身邊，爲了他的夢想。

「就算只剩一個人，也必須一直寫下去。」老師最後留下這句話。

「你也是。」我回他。

夢想這件事，從來都是孤獨的，才會被稱爲夢想。如果全世界的人都支持你，那這件事只不過是日常。就算有家人支持，你可能也會害怕朋友的眼光、找不到和你志同道合的人、因爲專注努力而交不到朋友。就算有朋友支持了，你還是必須面對，進不了業界、投獎項沒有消息、沒有人肯定你的努力成果。

爲了完成更大的事，你就是必須要面對一個更大、更陌生的世界，而那個世界，充滿與你想法不同、不認同你的人。

當你試圖更好時，你就注定孤獨。我試著創作，是這樣，老師試著對抗環境，也是這樣。所有值得被稱爲「夢想」的東西，都要求你學會一件事：靠著自己，努力下去。因爲那是**你自己的夢想**。

如果我們因爲任何理由停了下來，那都是我們自己的選擇，不是任何人的錯。

我們約好了。

約好爲期一年的編劇課，還上不到一半，便停課了。

但與老師的約定，還有老師教會我的東西，讓我比之前更努力的創作。我開始將之前練習的大綱、接寫的預告片，一個一個拿來練習分場和對白，偶爾想到一些想法，就記進筆記本裡，在寫累場景的時候，回頭練習發展大綱。

我有老師的 Email，我曾寄信過去，但就像寄進了黑洞。

我猜，他就是要我一個人去挑戰。

也不知道是認同了還是嘔氣了，我從此沒有再寫過信給他。遇到了問題，我就去買其他編劇書來看，不然就是試著從別人的作品裡找答案，自己思考、自己嘗試、自己歸納結論。

儘管如此，每到週日晚上，我還是會帶著筆電，去那間熟悉的熱炒店裡，點兩道菜，拿一罐麥仔茶，一個人一邊吃飯，一邊抄劇本到深夜。

我不感傷，因爲來熱炒店的人，都是笑著的。

在這樣規律的生活與寫作之下，我竟然在一年內寫完了兩個劇本，被我分別投到了不同的獎項，這是從前的我想都不敢想的事。

而且表面上雖然只寫了兩個，但實際上發展到大綱階段的，有快二十個，寫過的場景，超過五百個。

人們總是低估一年能完成的事。

雖然無法說我已經是個高手了，但我感覺像是從剛入學的大學新生，變成了對學校系所熟門熟路的大二老人。

老師七月底離開，九月我投了優良電影劇本獎，十二月跨年，我坐在電腦前，只猶豫了五秒。我在心中對他說：「新年快樂。」

一月，優良電影劇本獎入圍名單公布，我入圍了。

我記得那就是一個再平凡不過的上班日，我正埋首在公司滿山滿谷的拜年賀卡中，文青滑著他的辦公椅來到我身後，他點點我，我賞他一個手肘，他又點點我，我回頭準備賞他一個拳頭……然後我看到他的筆電螢幕，驚聲尖叫。

雖然我沒印象了，但據文青表示，我那天叫了整整一分鐘。

《導演請你放過我》入圍了，就是那個暢銷編劇遇上恐怖情人的故事。

過年時，老爸老媽從花蓮回來，得知了這個好消息。老媽告訴我，雖然老爸在我面前裝酷，但回到房間，他有偷偷哭。

然後我就收到了一封邀請信，再然後，我就坐在這間辦公室裡了。

在上台北之前，我給老師發了一封信，告訴他這個好消息。

有製片說對我的劇本有興趣，這樣我算是實現了一個人成爲編劇的約定了吧？你呢？想聽聽你那邊的情況。

但從昨天等到今天，依然沒有任何回音。

他，應該，很忙吧。

製片拿著兩杯咖啡回來了，他是個瘦瘦小小、很客氣的中年男子。

「不好意思讓您特地跑一趟啊，**老師**。」他滿臉堆笑。

我驚慌失措：「不……不要叫我老師啦，我還沒那麼厲害，叫我小琪就可以了。」

「好好好……那我就不客氣了，小琪，您也可以叫我老蔡，哈哈哈哈。今天找您來，是想和您談一下合作的可能性。我們公司最近有一個項目是這樣的，我們想做一個青春喜劇，人物設定都有了……怎麼了嗎？」大概是看到我臉上的錯愕，老蔡停了下來。

「沒……沒事，」什麼表情都寫在臉上，我也是很無奈：「因爲信上是寫說對**我的劇本有興趣**，所以我以爲……」

「哈哈哈，是是是，您的作品很優良，所以我們相信妳是很有能力的人，**一定很適合我們這個案子**，我來向您報告一下。」老蔡開始介紹他們公司的案子，我想起紙片人說過製片確實會找編劇協助開始公司的案子，雖然不是自己的劇本被看上，但也是有機會開始在業內工作吧？我拿出筆記本，開始記錄老蔡說的內容。

老蔡拿了一份大綱給我參考，我們聊了兩個多小時，我提了一些想法，問了案子被要求的內容，雖然有許多設定怪怪的，但在老師的訓練後，我大概有一些方向知道怎麼去克服，只是需要花時間查一點資料。

聽說我其實沒什麼經驗後，老蔡說其實他們公司是不會像這樣和新手合作的，但因爲覺得我有潛力，希望能給新人機會，不能總是讓老編劇卡著位子，我聽了也覺得很認同。

「那就麻煩妳了小琪，下個星期等妳大綱。」雖然時間很趕，但老蔡也很無奈，說他也沒辦法，希望我能多幫忙，我想熬點夜總會有辦法的，便答應了下去。

就這樣，我得到了第一份編劇的工作。

老蔡一路送我到電梯口，門關上時，我還看到他一邊笑著揮手，一邊對我彎腰鞠躬。

這可是我平常當行政小妹，從來沒有過的待遇啊。

我感覺飄飄然，站在舊大樓的門口傻笑。

「什麼事笑這麼開心？」

## 小心跌倒

一個熟悉的聲音從我背後傳來，我驚訝的回過頭。

「老師！」我驚喜得撲上去。

眞是個久違的擁抱。

「我們找個地方，看看妳剛才答應了什麼蠢事吧。」

眞是個久違的狗嘴吐不出象牙。

「人家老蔡看起來人很好啊。」我們找了間熱炒店，雖然時間還早，但奇怪的是，熱炒店裡還是坐滿了人。

「難道壞人臉上都寫壞人嗎？」老師一如往常，喝著麥仔茶：「妳有聽過華群嗎？」

「是沒有，但我又不是圈內人，沒聽過很正常吧。」我咬著花枝，還是不覺得自己做了什麼不對的事。

「至少Google一下吧，對方有製作過什麼作品，有什麼經歷之類的。我替妳查過了，空白一片，什麼都查不到，連官網都沒有。倒不是說新的製作公司就不可靠，也沒說它們一定要有精美官網，但心中要有個起碼的警惕，不是人家名片上印『項目總監』，就一定是大人物。妳知道要開一間製作公司需要什麼嗎？」

我搖頭。

「**兩到三萬塊**搞定，人人都能當總裁。江湖上到處都是這種**製片蟑螂**，左手拐編劇做白工，右手去找資方談投資，買空賣空，什麼本事也沒有。」

「但人家還有辦公室……」

老師瞪了我一眼：「別再講這種理由了，妳連人家辦公室是租來的還借來的都不知道。我和妳講這個，是要妳先放下那種**比人家矮一截**的心。」

「我……」我無法辯駁。

「其實妳就算今天面對的是大公司也一樣，人家會找妳，就代表人家需要妳，妳們是平等的合作關係。編劇雖然需要製片，但製片也一樣需要編劇。妳不先過妳心中的這一關，與別人談案子，只會受盡委屈。」

「那……那我該怎麼做？」

「先問問妳要什麼。妳想成爲什麼樣的編劇？想過什麼樣的生活？」老師把身體前傾，雙手靠在桌上：「妳要先替自己決定一個價碼，而不是等著別人出價。以台灣來說，**沒有名氣的編劇**，目前一個電影劇本的開發費用約在台幣五十到八十萬，電視劇如果是六十分鐘一集，五到六萬，九十分鐘一集，七到八萬。網大的行情，目前是稿費兩萬人民幣加後續分紅。妳可以照行情，覺得自己值得，也可以開高一點。妳當然也可以降價來求合作機會，但意義不大。」❶

「爲什麼？」

「之前說過，現在台灣一部電影預算多在三千萬左右，相較之下，編劇成本占比不高。一個製片會因爲妳便宜他十萬二十萬而影響他的決定，代表他看中的根本不是妳的能力。這種**只看價碼不看能力**的製片，做不出好作品的。妳確定妳要用妳的血汗換一個難看的作品？」

「這樣好像反而反效果。」

「妳有問妳這次的工作，有多少編劇費嗎？」

我心虛的低下頭。

「**不要期待對方先提起**。總費用有多少？目前的階段工作完成後，可以拿到多少？總共分幾個階段付？這些妳應該要主動關心。妳有談**合約**嗎？」

「沒提到……」

「這間公司基本上已經凶多吉少了。一間正經的公司一定會和創作者談合約的事，因為合約是保障他們，不是保障我們。」

「咦？」我以為我聽錯了：「保障他們？」

「還記得那時文青殺來課堂上的時候，我提過的著作權問題嗎？著作權是自然生成的，這東西是妳寫的，著作權就是妳的，人格權和財產權都是妳的，無論對方提供什麼想法給妳。在這種情況下，他們就算有付錢給妳，也只有**使用權**，沒有其他任何權利，甚至妳寫完拿去賣給別的公司都可以。沒有製作公司可以接受這種事。唯一可以把著作權從妳身上轉到他們身上的方式，就只有透過合約。」老師停了停，繼續說：「他們不提，只有兩種可能，一種是他們**根本外行**，一種是他們**有詐**，無論哪一種，都不太ＯＫ。」

「原來我可以把他委託的東西拿去賣給別人啊……」我恍然大悟。

「不要亂來，小心身敗名裂。」老師敲我的頭：「不同公司有興趣的案子類型不同，妳拿去賣別人也不一定要，更何況，兩間公司的人還有可能很熟，到時候有麻煩的人是妳自己。」

「我知道啦……」真開不起玩笑：「但講這些東西，不會很尷尬嗎？」

「一點也不，妳只是不習慣。不是要妳一見面就講這個，畢竟連要合作什麼都不知道，但案子內容聊過了，後面談合作條件跟合約，是很正常的。」老師突然話題一轉：「妳難道不奇怪，對方給妳那個大綱哪來的嗎？」

我還眞沒想過。

「那恐怕就是前一個編劇留下來的。一個案子做得好好的，爲什麼編劇會跑掉？其實就暗示這個案子有狀況。這些都是可以去聊去理解的。」

「狀況是指……？」

「可能是找不到資金、製片太機車、團隊成員勾心鬥角把人逼走、交稿時間太趕……問題當然也可能出在編劇本人身上，風格不對、太難溝通，總之團隊被迫另請高明。」老師做出總結：「總之，這個圈子沒那麼單純，不是要嚇妳，是要妳警惕。妳如果不先想好自己可以接受的條件是什麼，就很難做出取捨。妳要替自己爭取更好的條件，無論是費用、工作時間或是其他條件，妳不提，別人不會主動照顧妳。記得一個關鍵：**不做最大**。」

「但不做我怎麼入行？怎麼累積作品？」

「做一部糟糕的作品，或是被人家騙走一百個大綱，都談不上入行。編劇又不是上班族，妳只要持續寫，有人看到妳，機會就會自己出現。」

「但人家怎麼會看到我？」

「讓別人看到的方式有很多，妳可以**自己找人拍片**，從小作品開始累積，參加一些比賽或把作品上傳到網路上建立人氣；妳也可以**去人力銀行找工作**，很多製作單位的『企畫』，其實指的都是編劇，然後在上班過程中累積人脈；妳也可以**建立自己的作品集**（**不一定要拍出來**），然後去製作公司推銷自己，很多小的廣告公司會需要提案的企畫與結案的編劇，較知名的製作公司可能不會理妳，會理妳的，可能就只有像老蔡這種來路不明的公司或沒經驗的新公司，但這個路線會需要比較多的**業務能力**。」

「對啊，難道就沒有安靜寫作品、不用與人打交道攀關係的方法嗎？」我覺得有點累。

「那妳怎麼不好奇，老蔡他怎麼看到妳的？」

「我……我沒問……」我一心都只想著力求表現，什麼都沒問。

「因為妳**入圍**了。」老師露出笑容，但卻是嘲笑：「這個老蔡算是特例，可能是怕搶不贏別人，事先去搜了每個得獎者的名字，看看能找到誰的聯絡方式。他說他欣賞妳的作品應該是騙妳的，作品都還沒公布，他根本沒機會看到。他只是想讓妳感覺受重視，願意跑這一趟替他賣命。」

我還特別花了高鐵錢和計程車錢，跑來給人家騙。我掩不住沮喪。

「也不是說鐵定就完蛋了，妳回去發個信件給他，問清楚費用和工作條件，他如果沒回或是回得很模糊，就代表沒戲。他如果回得明確，這就算是一種合約。**合約不是一定要書面蓋章才算**，**口頭**、**傳訊息**、**信件往來都算**，只要『雙方同意』就算，只是信件要用來上法院舉證比較簡單。所以如果妳臉皮薄，不敢提合約，至少**以後談完案子**，**要發個訊息**

**或 Email 給對方確認條件**，好取得一點基本的保障。未來遇到這種邀約，如果怕麻煩，也沒打算交朋友，妳事先就能在信件往返時把工作條件確認清楚，雖然會出現一提到錢就不再回覆的情況，但也等於事先了解對方的心態，避免浪費時間和不想合作的人打交道。」

「只要信上對方有答應事情，就不怕對方賴皮？」

「哈，要賴皮妳也拿他沒辦法。要討回公道，最後就必須上法院，但提告到底划不划算？其實是一個問題。打官司的曠時費日又燒錢，能拿回來的甚至還比不上律師費。但對對方來說，也一樣麻煩，所以至少不要讓對方占便宜。」老師看我臉色不太好：「怎麼？被嚇壞了？」

「不是。原本是想有個好表現，被人誇獎的……」誰知道，卻弄得像個笨蛋一樣。

「傻瓜，」老師摸了摸我的頭：「妳做得很好。恭喜妳入圍。」

摸頭實在太犯規了，我現在連抱怨的權利都沒了。

一年眞的好久啊，雖然聽起來好像很短，但卻是一個漫長的過程。有無數的煩惱、挫折、寂寞、自卑的時候，讓我不斷自我懷疑著這到底是不是一條屬於我的道路。

而我好不容易走到自以爲的終點時，才突然發現，我其實才到了起點。

往後，還有好多好多個一年。

雖然還有好多要學，好多事情要面對，但因爲我踏踏實實的走過這一趟，所以對於要再走下去，不會感到過多的迷惘。

今天，就讓我好好享受這個戰果吧。

雖然，不解風情的某人有點討厭就是了。

「這圈子很缺人，只要妳稍微能寫，大家都想從妳身上掏故事。想安安靜靜的做作品，投獎項是最好的。有些人常抱怨自己懷才不遇，但大多數都只是確實沒有能力。其實**編劇怕碰到壞製片，製片也怕碰到壞編劇**，很多有良心的製片想把作品做好，找了編劇，卻發現對方談的一嘴好戲，寫起來卻慘不忍睹。但用了對方，就必須付出相對的費用，畢竟請人工讀也要錢，不但花了時間，還賠上製作費。所以大家都習慣找**有作品的**、**有經驗的**、**有得過獎的**、**請人介紹認識的**，雖然依然可能有問題，但至少有基本水平。所以妳作品寫得好，就不怕無法被看到，評審都是業內的人，巴不得有能力的人被看到，趕快進來被折磨。」

一邊摸著我的頭一邊說這些，還眞是煞風景啊。

老師啊老師，你也有很多需要學的呢。

「對了，那老師你呢？」我突然想起來，還不知道老師這半年來的情況：「你和那個紙片人的案子怎麼樣了？」

「紙片人？」老師會過意來，笑了笑：「那案子還在磨，她快被我逼瘋了。她以為我的夢想只是寫個好故事，但我要的是環境對編劇的尊重。」

這麼清爽的笑容，我還是第一次見到。

「所以……這次有比較滿意嗎？」我有聽沒有懂。

「誰知道呢？但至少有更多的時間，更好的待遇，更少自以為是的意見。但擁有自由創作的機會，沒有任何藉口了，才更深刻感受到自己的不足。」雖然是這麼說，但老師的神情一派輕鬆：「但也因為這樣，編劇這件事，才會這麼有趣啊。」

我很欣慰，老師開始露出了這樣的表情：「沒有放棄，眞是太好了。」

「是啊，」老師投來溫暖的目光：「謝謝妳在連我都已經放棄的時候，還願意為我努力。」

這間熱炒店的氣氛，有這麼浪漫嗎？

我不自覺露出傻笑。

也謝謝你，讓我知道我可以。

這就是自認沒有才華的我，用一年時間成為編劇的故事。

希望這個故事，能夠給你夢想、給你方法、給你勇氣、也給你樂趣。

「一起去追更大的夢想吧。妳願意嗎？」

「我願意。」

注❶：這些雖然是市場行情，但其實都偏低。如果比照國外市場，電影編劇費用應該要是總預算的百分之五到八左右，依國片普遍三千萬的預算來算，應該落在一百五十萬到二百四十萬之間。但事實上，很多編劇甚至連這個五十到八十萬的價格都拿不到。電視劇以偶像劇常見一集一百萬的預算計算，雖然五萬算有達到標準，但有些品質更高預算到一集二百五十萬的作品，編劇費也不見得會跟著提升。電視劇現在台灣最大的問題，在於前置期很長，卻常常沒有前置費用，必須要等到實際寫劇本才會有錢拿。編劇照著製片要求，花了一年時間企畫，結果最後什麼也沒拿到（或只拿到個三千塊紅包）的情況非常常見，這是非常不合理的。但整個產業環境陋習積累，只望大家先以這個行情標準爲目標，不要被無良的製片給欺負了。

# 後記

教課、寫書，常使我看起來像是一個故事達人，但面對故事，我從來就只是個小人物。很多人都以爲，學會怎麼說故事，就從此不會再爲故事困擾，這是個巨大的迷思。再了不起的作家，都會爲了創作苦惱，更何況是我。我只是比較幸運，有這個時間、意願和論述能力，可以替我這幾年的經驗與所學，做一個簡單的總結。

在劇本創作的領域，有其他更偉大的創作者所寫的編劇書。當如何出版社向我邀稿時，我反覆提出這個問題：「爲什麼我還需要再寫一本？」但主編怡如和專案眞眞的熱情，肯定我的內容值得透過出版被大家看見，所以我想在最後，談一談這本書許多設計的初衷。

首先，希望它好讀。我常聽到來自學生的回饋，說他們不是啃不進編劇書（說每看必睡），就是讀不懂。所以我選擇把它寫成一本小說，透過簡單的情節，希望它讀起來更有趣味性和代入感，並且盡量講得更細節、更白話、更步驟化，好讓沒有經驗的人也可以了解「故事」這部精密機械的運轉方式和設計原則。有些內容您可能會在其他編劇書見到類似的概念，這是很正常的，因爲故事從來沒有秘密，我並不覺得我發明了什麼，我只是以我的方式和我的詮釋，重新把這些內容表達了一次。

再來，這是一本為商業娛樂而寫的編劇書。我知道對於很多創作者而言，「故事」兩字所代表的意思更神聖、更私密也更遙遠，遠遠不是「商品」兩字可以說完的，我完全明白。但一個產業要形成，必須要有一群匠人，持續生產不那麼出色，但品質令人滿意的作品，可以持續讓消費者願意買單。這本書便是為了培養匠人而寫的，它無法教人學會「任何故事」，但它能告訴你怎麼寫一個「好看的故事」，並且在你遇上瓶頸時，更有方向知道怎麼突破。

最後，希望「去感性」。我一直以來的教學，都刻意的機械化，刻意的強調結構、步驟和技巧，而不去談美感、生活品味、人性觀察，甚至在整本書中，談結構的部分遠大於談角色人物，甚至角色在教學中看起來，只是布局的一枚棋子。但事實上，我並不是不理解一個厚實、豐富的角色對一個故事的重要性，也不是純粹的結構派信徒，我之所以避開這些，一方面是覺得自己能力不足無法駕御，掛一漏萬，另一方面是因為這些事太多人強調了，反而結構與技巧的重要性，卻被明顯忽略。對我而言，理性與感性一直都是互補的雙璧，缺一不可，我只是扮演補強理性的角色而已。

很多人可能會以為，故事中的高明，是我的化身，但其實我與高明一點也不像，我的生活與工作常常三分鐘熱度，要靠太太和截稿日管制，說要精於計算規畫，卻又常做衝動的決定，事後才深刻反省。我反而更像詠琪，出身開明的家庭，從小與藝術無緣，卻不知為何就是受到戲劇吸引，苦苦摸索後覺得自己根本不是這塊料，與寫作分分合合，卻又總會在意想不到的地方獲得肯定。

能走在這樣的路上，步步充滿感激。

要感謝插畫家 Cindy Yang，在百忙之中從美國越洋替我繪製了封面與各章節插圖。她一直以來的作品都與台灣的土地有深厚的連結，能夠邀請到她替這部年輕又帶點台味的編劇書增色，非常榮幸。感謝業內的前輩、朋友，在聽聞我出書的消息後，願意掛名推薦給我鼓勵，還盛情寫了許多感人的讀後感，讓平常深居簡出、很沒朋友的編劇，感覺到滿滿的暖意。

再次感謝如何出版社的主編怡如、專案貞貞與行銷宜婷、惟儂，接受我任性的選擇與未成熟的能力。感謝粉專上每位學員，在我寫書過程中的反覆打氣（本書開頭那個混搭抽籤的作業，就是在粉專上徵求來的）。感謝家人們無論何時何地都在的支持。感謝我的第一位讀者、行銷顧問、公司老闆、知心好友、心靈支柱、玩伴、情人、妻子、老伴珮君。感謝上師三寶加持。

願故事中的詠琪（勇氣）與高明，與你們同在。

國家圖書館出版品預行編目資料

週末熱炒店的編劇課：零經驗也學得會！前所未見的小說式編劇教學書／東默農 著. -- 初版 -- 臺北市：如何，2018.12

304面；14.8×20.8公分 --（Happy Learning；173）

ISBN 978-986-136-523-7（平裝）

1.劇本　2.寫作法

812.31　　107017865

Eurasian Publishing Group
圓神出版事業機構
用心與你對話・網野無限寬廣
如何出版社
Solutions Publishing

www.booklife.com.tw　　reader@mail.eurasian.com.tw

Happy Learning 173

# 週末熱炒店的編劇課：
# 零經驗也學得會！前所未見的小說式編劇教學書

作　　者／東默農
繪　　者／Cindy Yang
發 行 人／簡志忠
出 版 者／如何出版社有限公司
地　　址／台北市南京東路四段50號6樓之1
電　　話／（02）2579-6600・2579-8800・2570-3939
傳　　真／（02）2579-0338・2577-3220・2570-3636
總 編 輯／陳秋月
主　　編／柳怡如
專案企畫／賴真真
責任編輯／柳怡如
校　　對／東默農・柳怡如・丁予涵
美術編輯／潘大智
行銷企畫／詹怡慧・曾宜婷・黃惟儂
印務統籌／劉鳳剛・高榮祥
監　　印／高榮祥
排　　版／杜易蓉
經 銷 商／叩應股份有限公司
郵撥帳號／18707239
法律顧問／圓神出版事業機構法律顧問　蕭雄淋律師
印　　刷／祥峰印刷廠
2018年12月　初版
2024年6月　6刷

定價320元　ISBN 978-986-136-523-7